ALAIN GAUVRIT

FOLLES NOUVELLES

LES SABLES ROUGES
DÉTECT'YVES
INITIALES
MANU

ABSURDERIES & COCASSITÉS

ENTRETIENS ET MIENS

éditions libre label

Retrouvez les dernières informations concernant
les éditions libre label sur leur site internet :
www.librelabel.fr

ISBN 978-2-36128-372-8
Texte intégral

Chez le même éditeur :

La Sténose **(avril 2016)**

Essai romancé sur le parcours de vie de Baptiste, étiqueté « surdoué » dès l'âge de 6 ans.

Le sanglier de Serre Caüte **(janvier 2017)**

Une enquête policière en terre béarnaise qui ne manque pas de sel ! Un drôle de drame, à moins qu'il ne s'agisse d'un drame de drôle…

Éléments de couverture n°s 17854663 - 31256026 et 33245936, téléchargés en licence standard sur 123RF, modifiés et recomposés par l'auteur et sa fille, Maylis.

FOLLES NOUVELLES

LES
SABLES
ROUGES

Mercredi 19 octobre 2016

Le commissaire Sigogneau se gratta l'occiput. Le message qu'il avait reçu la veille le laissait perplexe. Un mystérieux correspondant lui annonçait qu'il allait commettre une série de meurtres sur la commune des Sables d'Olonne ! Un psychopathe, un pervers, un plaisantin ?... Toutes les hypothèses étaient permises.

L'enveloppe avait été déposée dans la boîte aux lettres de son domicile personnel à La Roche-sur-Yon. De toute évidence, il s'agissait d'une bravade qui lui était nommément adressée. Provocation, vengeance, farce macabre ? Il se perdait en conjectures.

L'examen du document n'apportait aucun élément de nature à en identifier l'auteur ou la provenance. Pas de timbre, pas de caractères tracés à la main et, Sigogneau en était persuadé, on ne trouverait aucune empreinte. Seules ces lettres découpées dans des magazines et soigneusement collées sur une feuille de papier blanc de format A4 et qui disaient :

LES SaBLES
ROuGIRONT BIENToT
DU SANg
DE MeS VICTiMes

Et sur l'enveloppe :

FuLGeNT SIgOGNeAu

Il prit des photos, plaça soigneusement le tout dans un sachet de congélation à fermeture zippée et se rendit à son bureau de la place des Eraudières.

Son adjoint, l'inspecteur Nicolas Rabillier, afficha le faciès sceptique qui s'imposait. Pas question de manifester la moindre intuition lorsque son supérieur est en plein doute !

— Vois si nos collègues de la police scientifique peuvent faire parler cette missive. Mais j'en doute fort.

— Bah, encore un détraqué sans doute ! Ça ne serait pas la première fois.

— Principe de précaution, Nicolas ! On ne sait jamais…

Le téléphone retentit. Sigogneau décrocha :

— Quoi, fit-il en fronçant les sourcils ??? Oh, mon Dieu, ajouta-t-il en blêmissant !!! On arrive tout de suite.

— Que se passe-t-il, patron ?

— On file au Muséum du Coquillage des Sables, vite fait ! En prenant son service, une employée a découvert le corps sans vie du veilleur de nuit. Il n'y a aucun doute sur la nature criminelle du décès.

Moins d'une demi-heure plus tard, Rabillier garait la voiture de service à l'angle de la rue du Maréchal Leclerc où une zone de sécurité avait été matérialisée par des rubalises. Les deux hommes furent accueillis par Félix Pontoizeau, le commandant de la police locale, et le conservateur du Muséum, Anthony Boheas. Le malheureux gardien gisait encore à terre, sur le dos, dans la boutique aux souvenirs du rez-de-chaussée, au pied de l'escalier menant à l'étage d'exposition. Le filet de pêche enserrant son cou bleui et la protrusion de sa langue semblaient indiquer qu'il avait été étranglé. Deux coquillages étaient enfoncés dans ses orbites ensanglantées. Près de sa tête, à même le sol, quatre petits coquillages avaient été déposés et on pouvait lire une inscription tracée à la craie rouge : « ALAFIA ».

Pendant que le médecin légiste et les techniciens de la police, équipés de combinaisons, surchaussures, charlottes, gants et masques s'affairaient autour de la victime et mitraillaient la scène, le conservateur proposa de mettre son bureau à disposition pour échanger sur les premières constatations. Sigogneau, en tant que plus haut gradé, mena les débats.

— Le Muséum dispose-t-il d'une protection périmétrique ou volumétrique et d'un système de vidéosurveillance ?

— À l'installation de dispositifs anti-intrusion, nous avons préféré opter pour une surveillance humaine avec rondes de sécurité. Le bâtiment est en outre doté d'un système de télésurveillance, mais l'assassin a coupé l'alimentation électrique du quartier avant de perpétrer son forfait. EDF vient tout juste de rétablir le courant.

— Et vous ne vous êtes pas pourvus d'un groupe électrogène qui aurait pu prendre le relais ?

— Hélas non ! Nous avons beau posséder une collection de 45 000 coquillages unique en Europe, ce ne sont que des coquillages, même si certaines pièces ont une valeur inestimable. Nous ne sommes pas dans une joaillerie de la place Vendôme…

— Avez-vous constaté des vols, des dégradations ?

— À première vue rien n'a disparu et rien n'a été abîmé. Les accès au bâtiment n'ont même pas été forcés.

— Je vois… Soit la victime connaissait le meurtrier, soit ce dernier s'est fait passer pour un agent d'EDF venu réparer la panne, auquel cas le gardien lui aura ouvert sans se méfier. Quels sont ces coquillages à la place des yeux ?

— Ce sont des cônes géographes, les plus venimeux des coquillages connus. Ils peuvent mesurer jusqu'à plus de quinze centimètres de long. Vivants, leur venin est capable de tuer un homme en deux heures et il n'existe pas d'antidote. Ils ne proviennent pas de nos vitrines.

— Et les quatre petits coquillages sur le sol, près du visage ?

— Ce sont des cauris ou Cypraea Moneta. Ces petites porcelaines ont été utilisées au cours des âges comme monnaie d'échange et pour alimenter la traite des noirs. Ils continuent aujourd'hui, dans certaines cultures, à servir d'objets de divination.

— Insolite ! Et le mot tracé à la craie, en connaissez-vous la signification ?

— Oui, Commissaire ! Le mot est associé aux quatre coquillages et à leur position. C'est de la géomancie.

— De la quoi ?

— Géomancie ! C'est une technique de divination fondée sur l'analyse de figures composées par la combinaison de quatre objets jetés sur une surface plane, des coquillages en l'occurrence. La lecture de l'avenir par les jeteurs de cauris est très populaire en Afrique et beaucoup font appel à eux pour obtenir des réponses à leurs questions existentielles. Ces réponses diffèrent selon le nombre de coquillages retombés sur leur partie bombée, ou fermée, qui représente le masculin, ou sur leur partie creuse, ou ouverte et qui représente le féminin. Alafia signifie que les quatre cauris montrent leur côté ouvert. C'est l'oracle le plus positif. Cela signifie que la réponse à la question est « oui, avec la bénédiction de la divinité Obi ». Etawa, avec trois cauris ouverts et un fermé, veut dire « oui, probablement ». Okana, c'est la configuration inverse et donc « probablement non ». Ejife, avec deux ouverts et deux fermés, indique paradoxalement la certitude que votre vœu est sur le point de se réaliser et Oyekun, les quatre fermés, équivaut à un non absolu.

— Donc, dans le cas qui nous occupe, la réponse était oui, mais on ignore quelle était la question!... Des choses particulières concernant la victime?

— Sylvain Barreau, 47 ans, célibataire résidant à La Chaume. Il travaillait pour nous depuis une dizaine d'années et donnait toute satisfaction.

— Le commissariat vient de m'appeler sur mon portable, intervint le commandant. Madame Arnaud-Aubin vient de déposer plainte: des fresques de l'île Penotte ont été endommagées. Des coquillages ont été arrachés et un graffiti a été tracé à la craie rouge sur l'un des murs, disant: « FULGENT SAVAIT ».

— Et voilà, nous y sommes! C'est bien un défi personnel qui m'est lancé. Mais il va trouver à qui parler, le mage, tonna Sigogneau!

Danièle Arnaud-Aubin, surnommée la « Dame aux coquillages », est une artiste qui a fait la renommée du quartier piétonnier de l'île Penotte, où elle réside, en ornant les façades de mosaïques de coquillages. Les fresques qu'elle réalise patiemment, au milieu des roses trémières de tous les murs avoisinants, donnent à ce quartier proche du Remblai un caractère joliment pittoresque qui enchante les regards des promeneurs.

— Dan' collabore avec nous et est une des meilleures ambassadrices de notre Muséum, précisa le conservateur.

— Messieurs, procédure habituelle dans ce genre de situation: passage des lieux au peigne fin, chasse aux empreintes et aux indices, prélèvements ADN, recherche de témoins dans le voisinage et tout le toutim... Dès que le procureur l'aura autorisé, envoyez une équipe interroger la famille de la victime, fouiller son domicile, éplucher son compte en banque, son courrier, ses appels téléphoniques, son répondeur et son ordinateur. De plus, je veux qu'on me dise comment il est possible pour un quidam de plonger tout un quartier dans l'obscurité, qu'on vérifie la liste des malades mentaux signalés en fugue des hôpitaux, qu'on reprenne les affaires criminelles sur lesquelles j'ai travaillé et qu'on contrôle la situation des condamnés récemment libérés, en particulier s'ils sont originaires d'Afrique. Pour ma part, je vais demander la mise sous protection de ma famille. Au boulot !

Vendredi 21 octobre 2016

Le surlendemain, l'inspecteur Rabillier vint rendre compte à son supérieur de l'avancée des investigations.

— Le rapport d'EDF indique que la panne de secteur est due au déversement d'une quantité indéterminée d'acide nitrique concentré sur le transformateur du quartier. L'acide nitrique attaquant le cuivre et le dissolvant, on comprend mieux ce qu'il advint et cela nous éclaire sur l'origine de la panne…

— On ne va pas faire la lumière sur cette sombre affaire à la clarté de ton humour, Nicolas !

— Pardon, Chef! On suppose que l'individu portait un masque pour se protéger des vapeurs suffocantes de ce produit, par ailleurs facile à se procurer dans le commerce. Une chance qu'il n'y ait pas eu d'inflammation ou d'explosion.

— Une chance, sauf pour ce pauvre gardien ! Ça l'aurait sans doute sauvé.

— Cela aurait en effet contrarié ou carrément anéanti les funestes desseins de l'assassin. Qui, soit dit en passant, devait aussi s'être muni de gants puisqu'aucune empreinte suspecte n'a été relevée.

— Et les enquêtes de voisinage ?

— Elles n'ont rien donné, que ce soit dans l'île Penotte ou autour du musée. La plupart des riverains dormaient et ne se sont même pas aperçus de la coupure de courant, sinon à leur réveil. Quant à la victime, on n'a rien trouvé chez lui qui pourrait constituer un début de piste.

— Et en ce qui concerne mes anciens « clients » ?

— Les recherches sont en cours. Par ailleurs, aucun aliéné ne s'est échappé de son asile. Mais on sait bien que les rues sont pleines de psychopathes en puissance et de déments en devenir ! Bref, pas de quoi pavoiser pour l'instant…

— À propos de pavoiser, le départ du Vendée Globe approche. Il va falloir renforcer la surveillance et les mesures de sécurité autour de cet événement et…

La sonnerie du téléphone interrompit Sigogneau qui prit l'appel, agacé. Il raccrocha quelques secondes plus tard, le visage décomposé.

— On repart aux Sables, Nicolas ! Un promeneur a découvert un corps au Puits d'Enfer. Et une inscription à la craie rouge sur un rocher : « MAIS QUE FAIT FULGENT ? »

Prolongeant la plage du Remblai au Sud, la corniche rocheuse du Château d'Olonne est coupée par une faille perpendiculaire au front de mer, d'une cinquantaine de mètres de long pour une largeur maximale de trois mètres. Profonde d'une dizaine de mètres, les vagues s'y engouffrent avec fracas à marée haute. La légende raconte que, lors des tempêtes, on y entend les cris des noyés et les lamentations des marins damnés. Et les anciens prétendent que tout ce qui tombe dans cette crevasse disparaît à tout jamais.

En 1949, l'affaire de la malle sanglante du Puits d'Enfer défraya la chronique. Avec l'aide d'un complice recruté par petite annonce dans la presse, la gouvernante d'un riche rentier parisien, décidée à s'emparer de la fortune du vieil homme, le roua de coups pendant des heures avant de l'étrangler et de jeter son corps, ligoté et bâillonné dans une malle en osier, au fond de ce gouffre. Cette histoire sordide inspirera Henri-Georges Clouzot pour une scène célèbre de son film « Les Diaboliques ».

C'est un promeneur matinal qui avait fait la macabre découverte. Ou plutôt son labrador qui avait marqué l'arrêt au bord de la fracture rocheuse et s'était mis à hurler à la mort. Son maître était actuellement entendu par les gendarmes.

En se penchant prudemment, Sigogneau put voir en contrebas le corps nu d'une femme ballotté par le ressac de la marée montante. Ce n'est que lorsque les gendarmes du GSGN[1] eurent effectué la levée de corps que l'on découvrit que la malheureuse avait la cavité buccale bourrée de varech jusqu'au fond de la gorge. Ses membres n'étaient pas entravés mais on pouvait observer de nombreuses lésions de charriage liées aux chocs répétés contre les rochers sous l'action des vagues.

— Regardez patron ! s'exclama Rabillier alors qu'on installait le cadavre sur un brancard.

Sigogneau étouffa un cri d'effroi en reconnaissant instantanément, entre les cuisses de la victime, un énorme cône géographe dépassant de son sexe.

---

1. Groupe des Spéléologues de la Gendarmerie Nationale.

— Mon Dieu, à quel barbare avons-nous affaire ?

Non loin du message lui étant destiné, un rocher plat arborait un graffiti rouge : « EJIFE ». Quatre cauris y avaient été disposés, deux reposant sur leur partie convexe, les deux autres sur leur partie concave.

— Si j'ai bonne mémoire, cela prédit la réalisation d'un vœu... Mais lequel ?

Un gendarme l'interrompit :

— Commissaire ! Le patron des « Chardons », le restaurant en face, demande à vous parler. Il dit que c'est important.

— Viens Nicolas, autant y aller tant que nous sommes là. Qui sait, cela a peut-être à voir avec ce qui nous occupe ?

Les deux hommes traversèrent la route. Le restaurateur les attendait sur la terrasse de son établissement et les invita à s'asseoir autour d'un café.

— Excusez-moi de vous avoir dérangés messieurs, mais vu le déploiement de forces de l'ordre sur la corniche, j'imagine que quelque chose de grave est arrivé.

— Et c'est par simple curiosité que vous nous avez fait venir ? fit Sigogneau courroucé. Vous n'aurez qu'à lire le journal demain, ajouta-t-il en se levant.

— Attendez, attendez, je ne me serais pas permis si je n'étais très inquiet au sujet d'une serveuse de mon restaurant qui n'a pas pris son service ce matin sans prévenir.

Intrigué, Sigogneau se ravisa et se rassit.

— Poursuivez...

— Ce n'est pas dans ses habitudes et hier soir elle semblait aller très bien. Elle vit seule non loin d'ici et ni son fixe ni son portable ne répondent. Je m'apprêtais à aller chez elle voir de quoi il retourne. Alors forcément, je me suis demandé si...

— Si ce n'était pas elle qu'on venait de repêcher ? OK, à titre exceptionnel, je vous autorise à voir son visage avant qu'on ne l'emmène à l'institut médico-légal. Mais je vous préviens, cela risque vous impressionner.

— Ne vous inquiétez pas Commissaire, je suis un dur à cuire !

— Alors, venez !

Ils eurent vite fait de rejoindre l'ambulance et, sur un signe du commissaire, un pompier découvrit le visage de la femme.

— Oh merde !!! C'est bien elle ! s'écria l'homme. C'est Maryse ! Putain, qui a fait ça ?

Il se retourna, pris d'un haut-le-cœur. Les trois hommes regagnèrent la terrasse des « Chardons » tandis que le médecin légiste requis procédait aux constatations et prélèvements, indispensables sur des corps ayant séjourné dans l'eau, le processus de putréfaction pouvant modifier rapidement et de manière irréversible leur aspect général au point de les rendre méconnaissables.

— Maryse, vous disiez ?

— Oui, Maryse Rocheteau. Une vieille fille sans histoire d'une cinquantaine d'années. Elle vivait avec ses chats dans un petit appartement au quartier de la Pironnière.

— Bien, attendez-vous à être convoqué rapidement pour faire votre déposition. Maintenant, veuillez nous pardonner, mais nous avons du pain sur la planche… Et merci pour le café, Monsieur ?…

— Martineau ! Christian Martineau.

Lundi 24 octobre 2016

Trois jours passèrent. Les journaux commençaient à faire leurs choux gras du « serial killer des Sables » et à ironiser sur l'impuissance de la police.

— S'ils voulaient paniquer la population, ils ne s'y prendraient pas autrement, pesta Sigogneau ! Et il faudra leur dire qu'on ne parle de tueur en série qu'à partir de trois meurtres.

— Les autopsies des deux victimes sont congruentes. Asphyxie par strangulation pour le veilleur, par obstruction des voies aériennes supérieures pour la serveuse, qui avait cessé de vivre avant que son corps ne soit immergé. Pas de coups portés ni de violences sexuelles si l'on excepte l'intromission des coquillages dans les cavités orbitales pour le premier, dans la cavité vaginale pour la seconde. Tous deux étaient des gens du cru et menaient une existence solitaire et apparemment tranquille, résuma Rabillier.

— On ne va pas attendre un troisième meurtre, Nicolas ! Il n'existe apparemment aucun lien entre le tueur et ses victimes et il semble choisir ses proies au hasard. Ce qui ne nous facilite pas la tâche. On va demander au DSC[2] de nous dépêcher un profileur[3] et d'activer le logiciel SALVAC[4].

— Qu'est-ce qu'un analyste comportemental va apporter de plus ? Je croyais que vous aviez obtenu le diplôme universitaire de criminologie !

— Exact, dans le cadre de l'Institut d'Enseignement à Distance de Paris-VIII, cela fait déjà quelques années… Mais

2. Département des Sciences du Comportement (Gendarmerie Nationale).
3. Analyste comportemental ou psycho-criminologue.
4. Système d'Analyse des Liens de la Violence Associée aux Crimes.

les outils de la psychocriminologie évoluent, et il me paraît indispensable qu'un spécialiste étudie le mode opératoire de notre homme, appelons-le « Shell » pour simplifier puisqu'il a l'air d'affectionner les coquillages. Ou qu'il identifie sa « signature », qui est un acte compulsif dont il ne peut faire l'économie et qui se distingue du *modus operandi* en ce sens qu'il est inconscient.

— D'autant que Shell semble agir sans mobile apparent : il ne paraît pas poussé par l'appât du gain, encore moins par une idéologie ou un fanatisme quelconques. Quoique la mise en scène des cauris pourrait y faire penser.

— Je ne crois pas Nicolas ! Je pense qu'il s'agit de rituels dont lui seul connaît la signification fantasmatique intime, qui ne sont pas nécessaires à la réalisation pratique du crime mais qui sont sans doute indispensables à sa réussite psychologique. Les psys démêleront tout ça.

— Assassiner des gens quand on estime avoir des raisons valables de le faire est déjà le signe d'un dérèglement mental, mais le faire sans mobile, avec une telle cruauté et de façon réitérée, c'est de la pure folie !

— On m'a enseigné[5] que s'ils n'avaient pas de fondement manifeste, une motivation profonde, alimentée par la sensation de toute-puissance qu'ils procurent, était pourtant à l'œuvre dans chacun de ces passages à l'acte. Le plus souvent il s'agit de psychopathes ayant un sentiment très fort de supériorité et qui ressentent un plaisir sadique à détenir le pouvoir de vie ou de mort. Ce sont plus rarement des psychotiques. Et seuls les premiers sont reconnus pénalement responsables de leurs actes.

---

5. Source : Article *Tueur en série* de Wikipédia en français.

— Je croyais que ces crimes s'accompagnaient toujours de viols.

— Peut-être Shell a-t-il des problèmes d'érection ? En tout cas, la connotation sexuelle est bien présente avec la pénétration de cavités naturelles de ses victimes par des coquillages oblongs assimilables à des substituts phalliques ! Une psychologue[6], experte judiciaire, voyait dans ce type d'homicides un dualisme entre agressivité-pulsion de mort et sexualité-pulsion de vie…

— Excusez-moi de vous déranger, un fax urgent pour vous Commissaire. C'est au sujet de la recherche que vous aviez demandée.

— Ah, merci, Brigitte ! Voyons cela… Bingo, Nicolas ! Nous n'aurons sans doute pas besoin d'un profileur. Écoute-moi ça : Salomon Esso, âgé de 38 ans et d'origine ivoirienne, a été libéré il y a trois mois après avoir purgé douze ans de prison pour extorsion en bande organisée, séquestration et actes de torture et de barbarie.

— En l'appelant Shell, vous n'étiez pas très loin chef, blagua Rabillier ! À une station près…

— Trêve de plaisanterie, Nicolas ! Je me rappelle bien de cette affaire. J'étais jeune inspecteur à Nantes à l'époque, et son arrestation avait été musclée. Loin d'être le cerveau de la bande, il avait été recruté pour sa violence et son sadisme. Il ne « travaille » qu'au couteau ou à mains nues. Quand j'ai voulu l'interpeller, il a tenté de me poignarder et j'ai dû faire usage de mon arme de service. Dans la lutte qui nous opposa, le coup est parti et il a été grièvement blessé au bas-ventre.

— On comprend mieux son envie de se venger si vous l'avez atteint dans sa virilité ! Et ça serait raccord avec son impuissance

6. M. A.-Delmas, *De l'expertise au profilage,* Lausanne, Favre, 2001

supposée et votre théorie sur son recours aux coquillages pour assouvir ses pulsions perverses.

— Il y a de grandes chances pour que ce soit notre homme ! On va demander au juge d'instruction de délivrer un mandat de recherche et… Oui, Brigitte ?… Ah, bien. Passez-le-moi !

— Allô, Fulgent, c'est Félix. Salut vieux ! J'ai encore un macchabée sur les bras… Un saunier du marais de l'Aubraie… Oui, le même genre de mise en scène… OK, on vous attend…

En raccrochant, Sigogneau sembla balancer entre révolte et abattement et son visage hésiter entre le cramoisi et le livide.

— C'est lui ou moi ! marmonna-t-il entre ses dents, aussi serrées que l'étaient ses poings. On retourne aux Sables, Nicolas ! Cap sur les Salines. Mais auparavant, on passe à mon domicile prendre quelques affaires. Je possède un appartement sur le Remblai. Je vais m'y installer pour quelques jours. Pour débusquer un gibier, il faut aller sur son territoire, le traquer, le lever et deviner ses réactions pour anticiper la direction dans laquelle il va fuir ou charger. S'il fuit, je tenterai de le rabattre vers nos hommes. S'il charge, je m'en charge !

— Méfiez-vous, c'est peut-être ce qu'il attend. Même sûrement ! Je vous rappelle qu'il a un compte à régler avec vous !

— C'est bien pour ça ! Tant que je n'irai pas personnellement vers lui, il poursuivra ses massacres. Il faut que cela cesse. Je prends le risque.

— Faites mettre des hommes en faction devant votre résidence au moins !

— Non Nicolas, s'il se sent en danger il ne sortira pas de sa tanière. Je veux qu'il me sente vulnérable pour qu'il tente un truc. Je souhaite même que la presse régionale annonce mon installation sur les Sables.

— Et qu'ils donnent votre adresse tant qu'on y est !

— Il est assez malin pour la trouver tout seul ! Il avait bien trouvé mon domicile à La Roche. Allez, Nicolas, on file…

Le corps d'Éric Jeanneau, 27 ans, paludier aux Salines de l'Aubraie, avait été découvert au petit matin par le directeur du parc historique, intrigué de voir son ételle[7] abandonnée au beau milieu d'un œillet[8]. Il n'avait pas tardé à le retrouver, affalé sur un mulon[9] près de la salorge[10].

L'infortuné garçon avait été manifestement étranglé et sa bouche, regorgeant de cristaux de sel rougeâtres, arborait un cône géographe en lieu et place de la langue. Pour leur part, les quatre cauris traditionnels adoptaient une position fermée, ce que confirmait l'inscription « OYEKUN », équivalant à un non-absolu. Et sur le mur, en guise de nouvelle bravade : « ALORS, FULGENT ? »

Sigogneau fulminait encore lorsqu'il gara le véhicule de service banalisé promenade Clémenceau, au pied de la résidence La Houle où il avait son appartement. Acceptant le défi singulier de Shell, il avait laissé Rabillier regagner La Roche-sur-Yon en train. L'ascenseur n'allant pas au-delà de l'avant-dernier niveau, il gravit le dernier étage par l'escalier et pénétra dans son studio. Après avoir branché le compteur et posé son sac sur le canapé, il se rendit sur la terrasse admirer la vue qui embrassait tout le Remblai. Il resta de longues minutes

7. Outil dont la partie basse est profilée et biseautée, permettant de pousser le sel d'un côté et de le tirer de l'autre, sans abîmer le fond argileux de l'œillet.

8. Bassin où s'effectue la récolte du sel et de la fleur de sel.

9. Tas de sel conique.

10. Hangar à sel.

à emplir ses yeux de ce panorama apaisant, ses poumons des senteurs iodées portées par la brise et ses oreilles des murmures des vagues qui déferlent et du cri des goélands.

Mais Shell revenant vite assaillir ses pensées, Fulgent rentra dans l'appartement, défit son sac et installa son MacBook Air sur la table. Il avait demandé que lui soient transmis par mail les événements marquants du dossier pénitentiaire de Shell et il lui tardait de se plonger dans leur lecture. Il ne fallait rien négliger et consulter le dossier du détenu Esso pourrait peut-être apporter des indices intéressants, voire des pistes inattendues : quel a été son comportement tout au long de son incarcération, a-t-il eu des sanctions disciplinaires et si oui, pour quelles infractions, qui lui a rendu visite au parloir, sa santé, notamment mentale, a-t-elle été explorée, s'est-il investi dans un projet de réinsertion... ?

Au bout d'une vingtaine de minutes de déchiffrage de rapports administratifs passablement ennuyeux, l'attention de Sigogneau fut attirée par un courrier à en-tête de l'UCSA[11]. Il ne fut pas plus étonné que cela de cette violation du secret médical sachant que, par mesure de sécurité, des surveillants sont le plus souvent présents lors des consultations et que des documents médicaux confidentiels peuvent passer entre leurs mains. On y apprenait qu'Esso avait été hospitalisé en UHSI[12] pour la pose d'un stimulateur cardiaque en raison de troubles de la conduction découverts au décours d'une syncope.

— Ce monstre aurait donc un cœur ? s'interrogea Fulgent.

En se couchant, le soleil alluma les phares des Barges et de l'Armandèche. Après avoir appelé sa femme pour la rassurer, Sigogneau décida d'écouter son appétit de fruits de mer. Il

11. Unité de Consultations et de Soins Ambulatoires de la prison.
12. Unité Hospitalière Sécurisée Interrégionale.

sortit, longea la grande plage où les derniers surfeurs guettaient la septième vague, la plus forte, la plus libre, celle qui va plus loin. Il faisait bon et la lumière ocre des lampadaires n'était pas étrangère à cette tiédeur vespérale. En coupant par la rue Zigzag et celle du Ricochet, il atteignit le port où de nombreuses enseignes fleuraient bon la choucroute de la mer, les moules à la crème ou les sardines grillées. Il opta pour la jolie façade aux allures de mas provençal et la terrasse fleurie du restaurant « Fleurs de Thym » et ne le regretta pas. Cuisine inventive, personnel prévenant, service rapide et surtout plats raffinés et copieux pour un bon rapport qualité-prix. Le ragoût de seiche au jus de homard et pommes de terre grenaille, notamment, l'enchanta.

— Ça s'est bien passé? fit le serveur en débarrassant son assiette.

— Eh bien, ça dépend de quel côté on voit les choses!

— Je vous demande pardon?

— Pour ma part, ça s'est très bien passé. Je me suis régalé. Pour la seiche, en revanche, ça s'est moins bien fini. Elle n'est plus de ce monde…

— Ha ha ha, vous m'avez fait peur!

Repu, Sigogneau entreprit de regagner sa résidence par les ruelles pittoresques et aux noms insolites du quartier du Passage. S'y succèdent des maisons typiques de pêcheurs, identifiables par leurs roses trémières, et d'anciennes demeures d'armateurs construites du temps où la ville était le premier port morutier de France. Il longea le quai et s'engagea à droite dans la rue des Crabes, puis à gauche rue de la Patrie et encore à droite dans la rue de l'Enfer, parallèle à celle du Paradis et homologuée par le Guinness Book comme étant la rue la plus étroite du monde, sa largeur minimale n'étant en effet que de 40 centimètres! Le commissaire songea que si, par un pur hasard, Esso s'engageait à l'autre extrémité de cette venelle, on pourrait assister à une scène digne d'un western-spaghetti ! Machinalement, il porta la main à son aisselle gauche pour vérifier la présence de son holster puis regagna le Remblai par la rue Rapide.

Quelques centaines de mètres et, grâce à son badge magnétique, il pénétrait dans le hall de sa résidence. Après avoir vidé sa boîte aux lettres de toutes les publicités accumulées, il prit l'ascenseur jusqu'au 10e étage puis l'escalier menant au palier du dernier degré. Y débouchant, il s'arrêta net, saisi par le tag rouge qui barrait sa porte : « BIENVENUE AUX SABLES, FULGENT ! » Comment ce type avait-il pu pénétrer dans cet immeuble aux deux entrées sécurisées ? En profitant sans doute de l'ouverture de l'un des accès par un résident conciliant et peu méfiant. Ce qui était sûr, c'est que Shell l'avait logé[13]. Fulgent se retourna pour jeter un regard dans la cage d'escalier. Personne et pas un bruit. À pas de loup, il redescendit à l'étage inférieur vérifier que l'indicateur de position palière de l'ascenseur affichait toujours le 10e. Ce qui était le cas. Personne n'avait donc emprunté l'ascenseur après lui. Il remonta quatre à quatre, le cœur battant. Aucun espoir de glaner des renseignements du côté des trois autres appartements du 11e, dévolus aux locations saisonnières et actuellement inoccupés. Avec son smartphone, il prit plusieurs photos de sa porte, puis en actionna précautionneusement le bouton. Elle était toujours fermée à clé. Il dégaina son arme et ouvrit prudemment. Le studio était tel qu'il l'avait laissé. Il referma à double tour. Son front perlait de sueur…

ꕥ

13. Loger : localiser, repérer le lieu de résidence (argot policier).

Mardi 25 octobre 2016

La nuit passa, peuplée de questions et hantée de démons. De bon matin, après avoir soigneusement inspecté son véhicule avant de démarrer, Sigogneau, le regard rivé aux rétroviseurs, se rendit au commissariat de la rue de Verdun où il avait rendez-vous avec Félix Pontoizeau. Il lui narra par le menu les événements de la veille au soir.

— Ce n'est pas très prudent de t'exposer ainsi ! Ce type est très dangereux.

— J'en suis conscient mais, tant qu'il s'occupe de moi, il ne commet pas d'autre meurtre !

— Tu as un plan ?

— Peut-être… J'ai découvert hier qu'il était porteur d'un pacemaker. Je me souviens d'un épisode de *Homeland* dans lequel un terroriste avait pris le contrôle du stimulateur cardiaque du vice-président des États-Unis et lui avait délivré des chocs électriques jusqu'à ce que mort s'ensuive.

— Tu ne vas quand même pas…

— Bien sûr que non ! Mais je me suis documenté sur internet et le fait est que l'on peut prendre le contrôle de n'importe quel objet connecté et, en particulier, ce genre de dispositifs médicaux que sont les pacemakers, défibrillateurs ou pompes à insuline. Ces appareils sont de plus en plus nombreux à être équipés d'une connexion sans fil les reliant à distance avec des médecins et avec le fabricant qui leur fournit des mises à jour.

— Oui, je me souviens avoir lu que Dick Cheney[14], craignant une tentative d'assassinat, avait demandé à son cardiologue de désactiver le wifi de son pacemaker !

---

14. Vice-président des États-Unis entre 2001 et 2009 dans l'administration de George W. Bush.

— Chaque prothèse possède un identifiant et un mot de passe qui ne sont rien d'autre que le numéro de série et le nom du modèle. Des données faciles à obtenir. Je ne suis ni un hacker ni un cybercriminel en puissance, Félix ! La seule chose qui m'intéresse, c'est de localiser Esso et de le cueillir par surprise et en douceur pour le livrer à la Justice. Pour cela, il suffit d'un simple ordinateur, d'un matériel radio imitant l'émetteur de contrôle et d'un lecteur permettant de s'emparer de données réputées confidentielles.

— Comment comptes-tu t'y prendre ?

— Je pensais demander à la C3N[15]. Ils ont des spécialistes des systèmes d'information capables de développer rapidement des petits logiciels en tous genres. Ça ne devrait pas leur poser de problème.

— Bonne idée ! On les appelle immédiatement…

Effectivement, ça ne leur posa pas de difficulté et ils promirent à Sigogneau de lui envoyer le logiciel à télécharger avec son tutoriel d'utilisation dès le lendemain.

Mercredi 26 octobre 2016

Les gars du C3N avaient bien bossé. À l'ouverture du dossier téléchargé, la carte topographique IGN 1227 OT au 1:25 000 des Sables d'Olonne s'afficha à l'écran. Suivant les instructions du tutoriel, Sigogneau maintint les touches ⌘ et ⌥ enfoncées tout en appuyant sur la touche « F » de son clavier.

---

15. Centre de lutte contre les criminalités numériques (pôle judiciaire de la gendarmerie nationale).

Immédiatement, un point rouge se mit à clignoter. En zoomant sur l'image, Sigogneau put localiser d'où était émis le signal : « la Baie de Cayola », un domaine résidentiel qui propose des mobil-homes à la location. Situé sur la corniche qui serpente au sud de la baie des Sables, ce camping devait être peu fréquenté en ce début octobre, pensa-t-il. Faisant fi de la plus élémentaire prudence et de la plus collégiale solidarité, Sigogneau décida de s'y rendre seul. Grâce à la fonction Bluetooth, il appaira son ordinateur au GPS de sa voiture, renseigna sa destination et vit avec satisfaction le point rouge apparaître sur son système de navigation. Il démarra.

Tout en surveillant son écran, il se dirigea à vive allure vers le lac de Tanchet, puis emprunta la départementale qui longe la côte et mène à Port Bourgenay. C'est alors qu'il abordait l'Anse du Vieux Moulin que le point rouge disparut !

— Merde ! grogna Sigogneau, il a dû s'apercevoir qu'il était filé et désactiver le wifi.

Il accéléra pour avaler les quelques centaines de mètres qui le séparaient encore du domaine résidentiel et gara son véhicule près de la loge du gardien. À peine en était-il descendu qu'une berline lancée à toute vitesse déboucha de l'allée principale et fonça sur lui en vrombissant. Sigogneau ne dut son salut qu'à un saut en arrière réflexe qui le projeta sur le macadam. En une fraction de seconde, il identifia le chauffard : Salomon Esso qui, dans un crissement de pneus, quitta le domaine pour s'engager à gauche sur la promenade de Cayola. Sigogneau se releva d'un bond et se précipita dans sa voiture pour le prendre en chasse.

Esso roulait à vive allure et avait plusieurs centaines de mètres d'avance sur Sigogneau qui ne l'avait en visuel que lorsque les reliefs et circonvolutions de la route le permettaient. Arrivé au camping Le Littoral, Esso fit le tour complet du rond-point qui en marque l'entrée et repartit en sens inverse dans la direction des Sables. Abasourdi, Sigogneau le vit se diriger vers lui, pleins phares. Il garda sa trajectoire le plus longtemps possible mais, Esso ayant visiblement la ferme intention de le percuter, il dut se résoudre à donner un coup de volant à droite au dernier moment. Ses pneus ripèrent sur l'accotement, sa voiture fit une embardée et, malgré un contre-braquage désespéré, finit par se coucher dans le fossé. Empêtré dans sa ceinture de sécurité et entraîné côté passager par les lois de la gravitation universelle, le commissaire vit avec effroi Esso s'approcher de son véhicule, un poignard à la main. L'arrivée de deux conducteurs, ayant vu la citadine accidentée et désireux de lui porter secours, sauva Fulgent d'une mort certaine. En lui lançant un regard haineux, Esso renonça et déguerpit.

Le lendemain, on retrouva sa berline calcinée non loin de là, près de la plage du Veillon…

Jeudi 27 octobre 2016

— Je ne te félicite pas, Fulgent ! Non seulement j'ai failli me retrouver avec un nouveau cadavre sur les bras, le tien en l'occurrence, mais si en plus tu décimes mon parc de voitures de fonction…

— Sincèrement désolé Félix ! Il fallait faire vite et j'ai cru pouvoir régler seul la situation. Dis-moi plutôt ce qu'a donné la perquisition du mobil-home d'Esso.

— Ce type aurait pu travailler dans un cirque comme lanceur de couteaux ! On a découvert dans sa planque une collection impressionnante d'armes blanches. Deux petits sacs de coquillages également. Mais aussi un dossier assez documenté sur toi, contenant tes différentes adresses et numéros de téléphone, des photos découpées dans la presse, tes habitudes, la composition de ta famille…

— Heureusement que je les ai fait mettre sous protection rapprochée dès le début !

— Et ce petit cahier d'écolier, rempli avec un souci maladif du détail.

Fulgent saisit le document que lui tendait Félix et le lut à voix basse.

— « MUSÉUM (nuit du 18 au 19 octobre)

Incantation : j'invoque la divinité Obi et la prie d'accepter cet homme en guise de victime propitiatoire.

Combinaison : Alafia

Réponse : oui, sans aucune réserve ! »

Un frisson parcourut l'échine de Sigogneau qui, néanmoins, poursuivit.

— « PUITS DE L'ENFER (nuit du 20 au 21 octobre)

Adjuration : j'implore le Baron Samdi[16] de réaliser mon vœu de vengeance et de recevoir cette femme en offrande sacrificielle.

Combinaison : Ejife

Réponse : mon vœu sera exaucé. »

— Ce type est un fou furieux ! marmonna Sigogneau avant de parcourir la troisième et dernière page.

— « SALINES (nuit du 23 au 24 octobre)

Conjuration : j'en appelle à tous les démons de l'enfer et les prie de me dire si cet homme mérite de vivre tant que ma vengeance n'est pas accomplie.

Combinaison : Oyekun

16. Esprit vaudou de la mort.

Réponse : non catégorique. »

— Putain, ça fait froid dans le dos ! Je ne sais pas si ce gars relève de la prison, de la psychiatrie ou d'un exorcisme ! Ou des trois à la fois. Et je me demande si ses questions n'ont pas été formulées après qu'il ait obtenu les réponses, tant on l'imagine mal relâcher l'une de ses proies en cas de tirage favorable.

— Que va-t-on faire maintenant que l'on a perdu sa trace ?

— Lui tendre un piège !

— Tu as une idée ?

— Aucune pour l'instant. Tout ce que je peux te dire, c'est que ce doit être moi l'appât.

— Mais je te préviens Fulgent, pas question de te laisser opérer en solo cette fois !

— Je sais, Félix ! Je sais…

Samedi 29 octobre 2016

L'affaire fit grand bruit en Vendée, lorsque *Ouest-France* titra à la Une « Les Sables d'Olonne : le meurtre de trop ? » avec pour sous-titre « le commissaire Sigogneau muté d'office ». L'article évoquait l'insuffisance de résultats reprochée à Fulgent mais surtout la façon dont il avait agi, sans concertation avec ses collègues et sa hiérarchie, au mépris de la sécurité publique. L'administration centrale ne tolère pas les cow-boys !

Dans la même édition, le SCPN[17] s'était fendu d'un communiqué de protestation, dénonçant une nouvelle

17. Syndicat des Commissaires de la Police Nationale.

placardisation émanant des plus hautes sphères du pouvoir et envisageant une manifestation nationale.

Au journaliste qui avait recueilli ses réactions, Sigogneau était resté sur la réserve qui sied à sa fonction, indiquant simplement qu'il se rendrait sereinement par le train du matin à la convocation du ministère, fixée au lundi 31 octobre à 14 heures, que ses anciens collègues comptaient lui exprimer leur soutien lors de sa correspondance à Nantes et que, d'ici-là, il consacrerait son temps à débriefer avec le commandant de la police locale et à préparer son argumentaire de défense.

Félix Pontoizeau avait exigé de faire surveiller jour et nuit les accès de sa résidence et Fulgent avait fini par céder de bonne grâce à cette impérieuse requête. De plus, un garde du corps l'accompagnerait dans ses déplacements jusqu'à son départ pour Paris. Pas question de rejoindre ou de faire venir son épouse comme Fulgent l'avait suggéré sans vraiment y croire, las qu'il était de cette longue séparation. Et encore moins d'aller se mêler à l'effervescence grandissante autour des voiliers du Vendée Globe qui devaient s'élancer dans huit jours. Trop dangereux ! Esso ne se priverait sans doute pas d'une nouvelle occasion d'assouvir sa vengeance.

Fulgent passa donc le week-end entre le bureau de Félix à faire et refaire le scénario de ces dernières heures, et son appartement de la promenade Georges Clémenceau, à peaufiner son rapport sur le déroulé des événements.

Lundi 31 octobre 2016

À 7 heures pétantes, Sigogneau, flanqué de son ange gardien, compostait son billet de train. Il se rendit sur le quai et monta dans la dernière voiture du TER après avoir salué et remercié son gorille. Comptant bien rentrer le soir même par le train de 18 h 54, il ne s'était chargé que d'une petite mallette contenant son portable et ses dossiers. Il avait choisi de voyager en première classe, non par snobisme mais tout simplement pour bénéficier d'une prise pour alimenter son ordinateur. Il n'y avait qu'un couple et trois hommes dans le wagon et Fulgent put choisir une place isolée, munie d'une tablette, près de la fenêtre et dans le sens de la marche. À 7 h 17, le train s'ébranla. Dans moins d'une heure trente, il serait à Nantes.

Les paysages défilaient sous un ciel plombé de nuages menaçants et invitaient plus à la somnolence qu'à une mobilisation neuronale intensive. La rame traversa la gare de La Roche-sur-Yon sans ralentir. Seul le cœur de Fulgent y fit une courte halte, le temps d'adresser un baiser virtuel à sa femme. Il relut ses notes et se remémora les péripéties de ces derniers jours. Son esprit tirait des bordées contrastées entre le sentiment de plénitude ressenti à contempler l'océan depuis sa terrasse et l'horreur absolue éprouvée devant les cadavres mutilés des victimes d'Esso. Entre le doux fumet du ragoût de seiche au jus de homard et le poignard brandi à son encontre dans le fossé de la route de Cayola. Quelques douleurs contuses étaient encore là pour le lui rappeler ! Le train franchit la Sèvre Nantaise par le pont du Florenceau et des arômes de muscadet et de gros plant vinrent chatouiller les papilles de Fulgent et apaiser quelque peu ses maux, alors qu'une pluie soutenue rayait les vitres de la voiture. On serait à Nantes dans moins de quinze minutes et Sigogneau entendait Barbara lui fredonner « il pleut sur Nantes et je me souviens... ce fut son dernier voyage ».

C'est à ce moment précis qu'Esso fit brusquement irruption dans le wagon et se dirigea sans hésiter vers le commissaire.

Vêtu d'un poncho, il en rabattit un pan avant d'armer son bras au bout duquel brillait une dague en vociférant :

— Enfin, je te tiens, fumier de flic !!

À partir de là, tout alla très vite. Trois des hommes du compartiment bondirent sur Esso. Le premier le saisit au poignet droit pour le désarmer tandis que le second pratiquait une clé de bras à gauche. Le troisième entrava ses poignets dans le dos par des menottes. Pendant ce temps, le jeune couple avait brandi leurs pistolets semi-automatiques Glock 17 et le tenait en joue. Mis à terre, il fut fouillé à la recherche d'autres armes ou d'éventuels explosifs.

— Bien joué, les gars ! s'exclama Fulgent. Alors, Salomon, que dis-tu de ma petite surprise ? On dirait que pour nous deux, tout commence et tout finit à Nantes ! Tu comptais y descendre après m'avoir réglé mon compte ? Eh bien, on va y descendre ensemble. Nous sommes attendus...

Esso ne disait rien mais ses yeux jetaient des éclairs plus menaçants que ceux qui zébraient le ciel de la cité des ducs de Bretagne. Dès que le train s'immobilisa, la dernière voiture fut isolée par un cordon de sécurité. Et tandis que les forces de l'ordre emmenaient Salomon Esso, le commissaire Sigogneau fut chaleureusement accueilli par Félix Pontoizeau et ses anciens collègues nantais. Nicolas Rabillier avait également tenu à faire le déplacement, ce dont Fulgent fut très touché.

— Ton plan a marché à merveille, lança Félix ! L'idée d'annoncer dans la presse une fausse mutation disciplinaire en y ajoutant, l'air de rien, tout ce qu'il fallait savoir pour te trouver, c'était génial !

— Oui, mais c'était risqué et pas gagné d'avance. Au-delà de l'idée, il fallait aussi parier sur la folle détermination d'Esso à m'éliminer, compter sur le feu vert de notre tutelle, convaincre le préfet de demander la mise à disposition du RAID et de réquisitionner un wagon auprès de la SNCF… Et avoir un peu de chance ! Tout est bien qui finit bien, mais j'ai une pensée pour les trois victimes de ce monstre qui ont perdu leur vie à ma place…

— Nous y pensons tous ! Comme nous avons pensé à toi lors de ce trajet à haut risque. Et plus particulièrement quelqu'un qui t'est cher…

Irène Sigogneau, qui s'était tenue en retrait jusque-là, s'avança très émue et se jeta dans les bras de son mari qui ne l'était pas moins !

— Maintenant, mon cher Fulgent, inutile d'attendre ta correspondance pour Paris puisque personne ne t'a convoqué au ministère ! Encore quelques formalités à remplir pour clore cette affaire, puis nous irons déjeuner. Nous avons réservé un petit restaurant qui devrait te plaire. Que dirais-tu d'un brochet au beurre blanc nantais, arrosé d'un bon Muscadet, et d'une fouace[18] au dessert ?

— Je dirais que j'ai une faim de loup ! Toutes ces émotions m'ont creusé l'appétit et je goûterai avec plaisir tout ce que tu voudras. Tout, sauf des coquillages…

Dans le bulletin officiel du ministère de l'Intérieur du 13 février 2017, on peut consulter l'arrêté du 16 janvier 2017 qui, sur proposition du préfet, directeur général de la police nationale, inscrit le commissaire de police Fulgent Sigogneau au tableau d'avancement au grade de commissaire divisionnaire de police, au titre de l'année 2016.

18. Fouace nantaise : pain brioché en forme d'étoile.

DETECT'YVES

Cela faisait trois bonnes heures qu'Yves Grangier surveillait l'entrée du « Détective Hôtel » depuis sa Clio, poussiéreuse dedans et cabossée dehors. Un comble que de faire le pied de grue devant un établissement au nom pareil quand on est un privé ! Ses yeux le brûlaient terriblement à force de fixer la double porte en verre trempé dépoli de ce 2 étoiles qui, extérieurement, ne payait pas de mine. Sans doute aussi parce qu'il avait fumé de façon irraisonnée pendant cette interminable attente et que l'habitacle de la voiture empestait la Gauloise. La bruine qui tombait sur Étretat depuis la fin de l'après-midi n'arrangeait rien et Grangier avait dû jouer, tantôt avec les essuie-glaces tantôt avec le lève-vitre, pour combattre tour à tour la pluie, la condensation et la fumée. Avec l'autoradio aussi, pour lutter contre le sommeil. Et en mâchonnant un cure-dents pour résister à une fringale féroce que n'avait pas calmée le petit sandwich au pain de mie que Camille, sa secrétaire-assistante, lui avait préparé à la hâte.

Ce n'est que vers minuit trente que Charles de Perricourt sortit enfin de l'hôtel, un sac de voyage à la main, et s'engouffra dans sa BMW garée un peu plus haut sur l'avenue George V. Juste le temps pour Grangier de prendre quelques clichés en rafale au zoom avec son bridge Sony. Rien de bien compromettant en soi mais la constance que mettait cet homme à se rendre dans des hôtels proposant des chambres à thèmes intriguait Grangier. Ce n'était pas la première fois qu'il le prenait en flag devant le Détective Hôtel, un établissement qui propose des chambres censées, par leur décor, vous plonger dans l'atmosphère intime des détectives les plus célèbres, d'Arsène Lupin à John Steed en passant par Sherlock Holmes, Hercule Poirot, Miss Marple, Nestor Burma et bien d'autres… Même

Tintin figure au catalogue ! Grangier se demandait s'il aurait ici un jour une chambre à son nom, de préférence la plus prestigieuse et la plus chère ?

Il avait déjà filé notre homme il y a quelques semaines de cela jusqu'en Région flamande, à quelques kilomètres de Bruges, où le « Bubble Lounge Hôtel » offre un dépaysement complet dans des suites toutes plus exotiques les unes que les autres : le romantisme de la Victoria avec son lit à baldaquin et son jacuzzi, la volupté des lignes impériales de la Baroque, l'envoûtante Indian, la Grey Floor avec son lit rond et son bain chromothérapique à débordement, l'Ukulélé aux accents malgaches, l'esprit seventies de la Pop Art avec piste de danse et boule à facettes, la démesure de la Crazy Vegas avec sa piscine intérieure, son bar, sa roulette et sa statue de la Liberté, sans oublier la Queen Mary, la Chic Boudoir... Bref, Grangier n'était pas là pour faire la pub de ces établissements mais il s'était renseigné, avait demandé à visiter, s'était creusé les méninges. Et il ne comprenait toujours pas pourquoi de Perricourt les fréquentait aussi assidûment. Car il faut dire que ce dernier l'avait également entraîné au « Secret de Paris » où il avait retenu la chambre Moulin Rouge, puis à Liège à l'hôtel « Ô Secret » pour la suite Marie-Antoinette... Dieu merci, il lui avait épargné la Bollywood Kamasutra du « Désir Hôtel » de la rue Saint-Denis ! Pour l'instant...

Tout semblait vouloir indiquer que ce type était un pervers, et pourtant jamais Grangier ne l'avait vu entrer ou sortir de l'un de ces hôtels avec une fille ! C'est pourtant ce que lui avait demandé de prouver sa femme, Sophie de Perricourt, intimement persuadée d'être cocue, le jour où elle a franchi la porte de l'agence « Détect'Yves ». Une appellation maison dont, entre parenthèses, Grangier était très fier !

Grangier avait de la bouteille, et pas seulement celle qu'il planquait entre deux dossiers dans son classeur à rideau : un flacon de Big Peat, blended malt riche et puissant apprécié des amateurs de whiskies tourbés. Chaque gorgée le faisait voyager vers des contrées écossaises brumeuses et battues par le vent. Un petit penchant qui lui revenait cher ! Non, entendez par là que c'est un homme d'expérience, qu'il a du métier. Vingt-cinq ans à traquer l'adultère, à percer les secrets d'alcôves, à venger les amours bafouées lui avaient forgé une solide réputation sur Lille et ses environs.

Le boulot avait beaucoup changé ces dernières années. La quasi-disparition des concierges, la vidéosurveillance, la réforme du divorce avaient obligé les privés à se reconvertir bien malgré eux, essentiellement dans l'espionnage industriel, la concurrence déloyale, et la recherche de débiteurs, de disparus ou d'héritiers. Il était loin le temps de François Vidocq ! Pour sa part, Grangier gardait la nostalgie de ce qu'à une époque on appelait « les affaires de bidets » et, chaque fois qu'il s'en présentait une, il sautait dessus. Non pour assouvir un voyeurisme malsain, quoique… Mais, comme d'autres raffolent de la presse people et fantasment virtuellement, lui aimait s'immiscer dans la réalité, pas toujours glamour, des vies de couples. D'un côté, il ne pouvait s'empêcher de ressentir de l'empathie pour ces femmes trompées, finalement plus malheureuses que furieuses, mais par ailleurs il éprouvait presque une fascination envieuse pour ces hommes volages qui, à défaut de leurs engagements, assumaient leurs désirs et leurs fantasmes. À moins qu'il ne s'agisse à l'inverse de maris trompés et de femmes frivoles ! Ce qui fait que, sur certains dossiers, il se trouvait écartelé mais finissait toujours par trouver un angle d'approche d'une neutralité acceptable…

Célibataire endurci, au moins ne risquait-il pas d'être filé par un collègue, bien qu'il lui soit arrivé de fréquenter des femmes mariées ! Bien bâti, la fin de quarantaine grisonnante et hâlée, Grangier avait un pouvoir de séduction qu'il n'ignorait point et dont il usait volontiers. Camille, son accorte assistante de dix ans sa cadette, pouvait en témoigner. Et comme elle non plus ne goûtait pas les contrats qui lient et qui obligent, il leur arrivait de se pencher ensemble sur des dossiers brûlants…

Grangier avait un plan. Il pensait inutile de continuer à escorter Charlie dans son périple hôtelier. Le flasher entrant ou sortant seul d'un établissement n'apportait aucun élément de preuve exploitable par son épouse. Il fallait savoir en revanche ce qu'il pouvait bien faire nuitamment en ces lieux discrets. Rejoignait-il quelqu'un déjà en place ? S'adonnait-il à des pratiques solitaires, sinon honteuses du moins répréhensibles ? En tout cas, Grangier avait remarqué que son itinérance s'inscrivait dans un parallélogramme ayant pour sommets Paris, Le Havre, Bruges et Liège. Domicilié à Lille, Charles de Perricourt, industriel connu, avait la délicatesse et la prudence de sévir à distance de chez lui et en variant les lieux de ses mystérieuses occupations. Le choix d'hôtels proposant des chambres thématiques était le seul invariant de son parcours.

Camille avait fait un travail de fourmi en les répertoriant dans le périmètre défini et en les mettant en fiches. Mais Grangier était persuadé que, tôt ou tard, sa cible réserverait une chambre au « Désir Hôtel » dont, opportunément, il connaissait très bien le gérant, un certain Sam, avec qui il avait baroudé dans leur jeunesse. Sachant que notre homme réservait toujours sous le même nom, Carlos Perri, Grangier avait affranchi

Sam sur l'affaire et lui avait demandé, en cas d'appel sous ce patronyme, de conseiller habilement la chambre le « Royaume des Miroirs » et de le prévenir immédiatement.

La fiche de Camille reprenait l'accroche publicitaire : « les miroirs feront de vous le principal décor de cette chambre éclatante de magie. Devenez le maître du lieu et découvrez un degré d'érotisme supplémentaire grâce aux multiples reflets de cet échange passionné. Alors, laissez place à vos désirs pour faire de votre amour un rayonnement infini… » Pile-poil pour un narcissique ! Et si jamais le stratagème fonctionnait, Sam réserverait le même soir pour Grangier la chambre contiguë, le « Château des Glaces ». Si la première est en général louée par des couples exhibitionnistes, la seconde l'est par des voyeurs qui, par accord tacite, peuvent suivre les ébats de leurs voisins derrière une glace sans tain. Le procédé n'était certes pas très orthodoxe, mais de petites entorses ne valent-elles pas mieux qu'une grosse fracture ?…

Ainsi, au moins verrait-il et saurait-il à quoi jouait Charles de Perricourt sous l'identité Carlos Perri ! Il ferait son compte rendu à Madame de Perricourt, lui remettrait le dossier constitué de rapports circonstanciés, clichés et notes de frais, aurait envers elle quelques phrases de compassion bien senties, écrites avec soin il y a vingt-cinq ans pour ce genre de situation et toujours efficaces, et empocherait son chèque.

Il ne restait plus qu'à attendre que le poisson morde à l'hameçon… Satisfait de l'habileté de sa stratégie, Grangier se servit un verre de Big Peat, délaissa son paquet de Gauloises pour allumer un Montecristo, se renversa dans son fauteuil en poussant un soupir d'aise et appuya sur le bouton de sonnette qui le reliait au bureau de Camille. Il poussa un petit grognement de plaisir en entendant ses talons marteler vivement le plancher du couloir.

— Oui patron ? fit-elle pour le charrier.

— Ma petite Camille, j'ai encore fait tomber mon stylo et impossible de remettre la main dessus !

Le regard de Camille s'alluma à l'énoncé de leur code. Elle passa la pointe de sa langue sur ses lèvres glossées et se faufila sous le bureau de Grangier…

Sophie de Perricourt conduisait à vive allure en direction du Golf de Bondues, à une quinzaine de kilomètres au nord de Lille. Au volant de sa Mini Cooper, elle filait retrouver Arnaud de Broucker, brillant avocat du barreau de Lille, pour déjeuner en sa compagnie au restaurant du Club House comme tous les mercredis.

Alors que Sophie se garait sur le parking, Arnaud terminait le trou 18 par 5 du parcours Hawtree qui le ramenait au majestueux château de « La Vigne » qui marie les couleurs de la brique et de la pierre sous des toits à la Mansart. Sophie l'y rejoignit et ils s'embrassèrent.

— Tu as bien joué, chéri ?

— Bah, en ce moment mes drives manquent de longueur !

— Moi je trouve que ce sont nos rendez-vous qui manquent de longueur… Allons vite déjeuner !

Sophie se demandait ce que fichait ce Grangier de malheur qui, pour l'instant, n'était bon qu'à lui envoyer des demandes de provisions pour frais ! Voilà des mois qu'elle l'avait mandaté pour coincer son mari dont elle était persuadée de l'infidélité et dont elle avait décidé de se séparer au plus vite. Sans enfant, en raison d'une infertilité de Charles, le couple s'était peu à peu installé dans une routine amorticide[19]. Et puis il y avait ces absences de plus en plus fréquentes de Charles, sous des prétextes professionnels, alors que Grangier avait formellement établi qu'il passait une bonne partie de ces nuits soi-disant studieuses à écumer les hôtels de la région. Sophie voulait mettre fin à cette mascarade, mais aux torts exclusifs de son époux puisqu'il la délaissait, manifestement pour d'autres, et semblait mener une vie de débauche.

Et puis elle avait rencontré Arnaud dans un dîner mondain et de suite il y eut une alchimie entre eux. Une fusion spirituelle qui devint vite corporelle. C'est pour cela que Sophie était pressée de conclure un divorce pour faute : ça serait le comble que Charles la devance et la convainque de tromperie avant même que Grangier n'apporte les preuves de l'existence et de l'antériorité de sa propre trahison !

Ils papotèrent gaiement tout au long du repas mais leurs regards énamourés en disaient davantage que leurs mots. Leurs mains s'effleuraient à la moindre occasion, leurs jambes s'entrelaçaient à la faveur de la nappe tombante. Au dessert, Sophie déchaussa un escarpin, tendit la jambe sous la table, posa son pied sur l'entrejambe d'Arnaud et lui massa doucement le sexe.

N'en pouvant plus de désir, ils renoncèrent au café pour se rendre le plus vite possible à quelques centaines de mètres de là, au Clos de Bénédicte où une chambre d'hôtes leur était dévolue pour l'après-midi.

Pendant que sa femme batifolait avec son amant, Charles était à son bureau. Avec son frère cadet Philippe, il dirigeait à Hellemmes l'une des dernières filatures de la région, héritée de

19. Qui tue l'amour (néologisme).

leur père Louis qui l'avait lui-même héritée de son grand-père, Alcide de Perricourt, du temps où Lille affirmait sa vocation manufacturière, particulièrement dans le domaine textile avec l'expansion de la sayetterie[20] et des filatures de lin et de coton. C'était avant la crise pétrolière de 1973 à laquelle se sont jointes en France celles du charbon et du textile. Pour l'heure, la filature vivotait et les deux frères étaient, sinon aimés, du moins respectés et appréciés pour leur fibre sociale, héritée elle aussi de leurs aïeux. La rigueur gestionnaire de Charles, loin de s'opposer à la fantaisie innovatrice de Philippe, la complétait et leurs différences de caractère et de personnalité étaient plus un atout qu'un handicap, aussi bien pour maintenir à flot le projet d'entreprise que pour régler différends et conflits.

Charles décrocha le téléphone et composa le numéro du « Désir Hôtel »…

— Yves ? C'est Sam ! L'écrevisse est dans la nasse…

— Bon Dieu, Sam, quand abandonneras-tu ton vocabulaire de barbouze ? répondit Yves en s'esclaffant. C'est pour quand ?

— Demain soir. Le « Royaume des Miroirs » lui a beaucoup plu ! Donc je t'ai bloqué le « Château des Glaces ». Tu pourras voir et entendre ce qu'il bidouille sans qu'il s'en doute, et même le filmer. Je te ferai servir un en-cas. Tu veux une fille aussi ?

— T'es gentil Sam, mais c'est pour le boulot ! Une autre fois peut-être pour la fille. En tout cas, merci infiniment pour le reste. T'es un vrai pote, à charge de revanche !

20. Industrie textile (nouvelle draperie).

— De rien mec! À demain, sois là pour 20 heures, il a réservé pour 21 heures. Tchao!

Grangier se frotta les mains. Le dénouement était proche. Il pensa un instant informer Sophie de Perricourt mais finalement s'en abstint. Des fois qu'elle demanderait à venir mater son mari au Désir Hôtel! Et puis il préférait lui faire la surprise. Il la voyait bien s'écrouler en sanglots dans ses bras… C'était une jolie femme!

— Allons, Yves, se dit-il, c'est une cliente! Jamais avec une cliente! Un peu de morale que diable ajouta-t-il en riant intérieurement de sa propre abjection…

Camille eut l'excellente intuition d'apporter le courrier à cet instant. Il l'enlaça et s'empara goulûment de sa bouche. Elle se colla à lui jusqu'à sentir son désir s'imprimer contre son ventre et lui offrit sa langue. Les lèvres de Grangier glissèrent au bas du cou de Camille qu'il mordilla avec un empressement maîtrisé, tout en relevant sa jupe pour empaumer ses fesses rondes et fermes. Elle griffa sa nuque en gémissant. Puis, la saisissant par les hanches, il la souleva pour l'asseoir sur le bureau qu'il débarrassa d'un geste circulaire de l'avant-bras. Elle s'allongea en respirant bruyamment, écarta et souleva ses jambes pour les placer sur les épaules de Grangier qui dégrafa sa ceinture…

À 20 heures pétantes, Sam installa Grangier dans le « Château des Glaces ». Une fille sublime et à peine vêtue lui porta un plateau-repas accompagné d'une bouteille de pessac-léognan. Il la remarqua à peine, trop excité par ce qu'il allait découvrir.

C'était une chambre somme toute romantique, au décor argenté, et dans laquelle une multitude de glaces savamment disposées et reflétant votre image à l'infini était censée décupler la passion de ses occupants. Sam releva le store électrique qui dissimulait le miroir sans tain donnant sur la chambre voisine. Le « Royaume des Miroirs », tout en dorures pour sa part, était conçu sur le même principe sauf que de la première on mate et que dans la seconde on s'exhibe. Mais ça, Charles de Perricourt l'ignorait. Après avoir expliqué à son pote le fonctionnement de la console depuis laquelle on pouvait piloter le store, les éclairages et l'enregistrement vidéo, Sam prit congé. Grangier s'installa dans un fauteuil confortable face au miroir secret et se servit un verre de rouge. Il toucha à peine au plateau…

C'est vers 21 h 10 que Charles de Perricourt pénétra dans la chambre et referma soigneusement la porte derrière lui. Il déposa son sac sur le lit, quitta son blouson et inspecta le décor d'un air satisfait. Avisant le mur de glace qui faisait face au lit et fixant tout à coup son image démultipliée avec intérêt, il s'assit sur le rebord du lit et se lança dans un étrange monologue…

— Ah, vous êtes là ! Vous avez pu venir vous aussi ? Tant mieux ! Où en étions-nous déjà ? Ah oui… Beau temps pour la saison, n'est-ce pas ? Mais ça ne va pas durer, on annonce une sérieuse détérioration pour les prochains jours. Savez-vous que c'est la NASA qui décide de tout cela ? Et pas que de la météo figurez-vous ! On a dit que le séisme de 2011 au Japon avait changé l'axe de rotation de la Terre et partant, son axe d'inertie. Moi, je prétends que ce sont les Américains qui ont réussi à modifier l'axe de rotation terrestre, ce qui a provoqué le tremblement de terre, et non l'inverse !

Il sort alors de son sac plusieurs grands cahiers à spirale, en choisit un et l'ouvre devant ses reflets comme devant un nombreux auditoire sous les yeux médusés de Grangier, abasourdi de l'autre côté de la cloison.

— Regardez attentivement ces schémas, ces formules trigonométriques et ces fonctions hyperboliques. La Terre est un gyroscope très instable. Il suffit de lui appliquer une petite force extérieure pour le perturber, changer son axe de rotation et provoquer d'énormes catastrophes. Rien de plus simple pour la NASA en imprimant un couple externe dans la bonne direction pendant le temps qu'il faut. C'est d'ailleurs ce que fait le soleil en créant un couple responsable de la précession des équinoxes[21]. Savez-vous qu'il existe un Service de la Rotation de la Terre à l'Observatoire de Paris ? C'est bien que les plus hauts responsables sont inquiets, non ? Attendez, on m'appelle, je crois...

Charles se leva et alla s'asseoir devant un autre mur réfléchissant, face à ses répliques.

— Comment allez-vous ? Excusez mon retard ! Il fallait absolument que je vous fasse part de ma dernière théorie concernant l'addiction tabagique. Je crois que les fumeurs invétérés, les accros du « throat hit », cette sensation de picotement dans l'arrière-gorge lorsqu'ils aspirent la première bouffée du matin, cherchent en fait inconsciemment à régresser au moment de leur naissance et de leur premier cri lorsque l'inspiration originelle leur brûle la glotte...

Et cela dura plus de deux heures à aller de miroir en miroir parler à ses doubles. Grangier était estomaqué, sidéré, pétrifié... Voilà des mois qu'il essayait de confondre un pervers et qu'en réalité il traquait un dingue ! Confondre était bien le terme approprié d'ailleurs !! Tu parles d'un fin limier !!!

— Mais il est tard, je vais devoir rentrer sinon ma chère femme va s'inquiéter. Oui, bien sûr je reviendrai, ici ou ailleurs,

21. Lent changement de direction de l'axe de rotation de la Terre.

et nous poursuivrons ces passionnants débats. À bientôt, mes amis !

Il se leva, rangea ses cahiers dans son sac, enfila son blouson et quitta la chambre. Il ne fallut pas attendre longtemps pour que Sam rapplique aux nouvelles.

— Alors, ton type ? Un adepte du transvestisme et un partisan du 5 contre 1, je parie ?

Grangier, qui avait vidé les trois quarts du pessac-léognan, raconta à Sam ce à quoi il venait d'assister. Au fur et à mesure du récit, ce dernier s'était peu à peu affaissé dans son fauteuil, incrédule.

— J'en ai connu des tordus dans ce métier mais là, c'est le pompon ! Que vas-tu faire ?

— Rendre compte à sa femme des résultats de mon enquête bien sûr. Elle me paie pour ça !

— Et bien bon courage, vieux !

Grangier grava un DVD et prit soin d'effacer l'enregistrement original. Puis il prit congé de son hôte qu'il remercia chaleureusement. En sortant, il croisa la fille qui venait récupérer le plateau-repas et lui claqua les fesses pour se détendre. Elle ne s'en offusqua pas.

Dès le lendemain matin, Grangier montra le « one man show » de Charles à Camille.

— J'ai vraiment la sensation d'être dans la peau de James Stewart dans Fenêtre sur Cour et d'avoir épié mon voisin ! Que dis-tu de ça ?

— Que tu passes de folles soirées ! Je ne suis pas Grace Kelly mais tu aurais pu m'emmener !

— Non, sérieusement ! Tu l'imagines au « Détective Hôtel » apostrophant la photo de Scherlock ; au « Bubble Lounge » papotant avec le portrait de la Reine Victoria ; au « Secret de Paris » pérorant avec le tableau de La Goulue ; à l'« Ô Secret » expliquant à Marie-Antoinette sa théorie sur les picotements de la gorge, elle qui en ressentit probablement de terribles au pied de la guillotine ?

— Et tu me demandes d'être sérieuse ? pouffa Camille.

— C'est quoi ce délire bon sang ?

— Tu sais quoi ? Tu devrais demander son avis à Martin Delattre…

— Hé, mais tu sais que c'est une excellente idée !!

— C'est pour ça aussi que tu me paies, patron !

— Arrête de m'appeler patron et prends-moi rendez-vous avec ce bon vieux Martin.

Le Docteur Delattre, psychiatre lillois, avait défrayé la chronique il y a quelques années de cela, plusieurs patientes l'ayant accusé de les avoir violentées sous hypnose. Son avocat avait alors demandé à Grangier d'enquêter sur quelques-unes de ses victimes présumées. Delattre avait été finalement condamné à de la prison ferme et avait été radié du Conseil de l'Ordre des Médecins. En sortant de taule, il s'était installé comme psychothérapeute et s'était refait assez rapidement une belle clientèle, certaines patientes lui étant même restées fidèles… Mais Camille avait raison : si on pouvait légitimement se méfier de ses principes déontologiques, son sens clinique et la pertinence de ses diagnostics ne pouvaient être mis en doute.

Quelques jours plus tard, Grangier faisait face à l'ex-toubib. Petites lunettes rondes cerclées d'or sur un regard bleu perçant, bouc poivre et sel, Delattre était d'un contact à la fois inquiétant et fascinant. Grangier lui expliqua aussi clairement que possible, mais sans rentrer dans tous les détails, ce qu'il attendait de lui.

— Voilà, dans le cadre de mon activité professionnelle, j'ai été amené à enregistrer, à son insu je l'avoue, un homme dont le comportement et les propos paraissent bien étranges. Si vous pouviez m'apporter votre éclairage sur sa personnalité, me dire ce dont éventuellement il souffre, cela m'aiderait grandement à conclure mon enquête en toute objectivité, sans laisser mes ressentis guider mes conclusions et égarer ma cliente qui, vous l'aurez compris, le soupçonnait au départ d'infidélité. À cet effet, je vous ai apporté un montage vidéo qui résume en quelques minutes ce à quoi j'ai assisté.

— Votre requête est bien singulière, Monsieur Grangier! énonça Delattre de sa voix doucereuse et hypnotique. Mais je n'oublie pas que vous avez essayé de m'aider il y a quelques années, à la demande de mon avocat.

— Je n'essaie d'aider personne, je fais du mieux que je peux ce pour quoi on me paie!

— Je veux bien vous venir en aide moi, mais sachez que ce que vous me demandez est périlleux. Faire un diagnostic sur une vidéo aussi courte, à moins que ce ne soit une pathologie évidente! En tout cas, je vous demanderais de garder pour vous seul les indications que je vous donnerai et de ne vous en servir ni pour ni contre les intérêts de qui que ce soit.

— Bien entendu, vous avez ma parole, dit Grangier en glissant sa tablette sous les yeux de Delattre et en se disant qu'il était devenu bien à cheval sur les principes!

Le doc regarda attentivement la vidéo, le visage impénétrable, prit quelques notes et garda le silence un long moment à la fin de l'enregistrement.

— De toute évidence, cet homme souffre d'une psychose chronique que je situerais dans les paraphrénies confabulantes, également appelées délires d'imagination. Dans ces pathologies, on constate une production imaginative et idéique luxuriante, avec un certain degré d'exaltation, sans hallucinations toutefois. Le patient est pris dans un ensemble de fictions romanesques qui s'enrichissent de péripéties lues ou entendues et s'enchaînent de façon vraisemblable. Il est donc délicat de reconnaître l'irréalité de certaines assertions tout à fait plausibles. En général, les fonctions intellectuelles et l'affectivité sont conservées et le sujet, restant maître de son délire, garde une insertion socioprofessionnelle satisfaisante. Il existe, comme on peut l'observer classiquement, une note mégalomaniaque puisque votre homme se prend pour un grand chercheur, et une tendance persécutive avec la menace représentée par la NASA.

— Tout ceci est fort intéressant, mais une question me taraude l'esprit. Comment cet homme peut-il se parler à lui-même dans une glace sans se reconnaître ?

— C'est ce que l'on appelle l'agnosie du miroir[22]. C'est un comportement difficile à interpréter, comme si le sujet revenait en enfance avant le stade du miroir. Vous savez, quand l'enfant prend son reflet pour un autre avant de l'identifier comme sa propre image. Mais il existe une autre hypothèse, c'est que cet homme ne se reconnaisse pas en tant que lui-même, mais trouve que cet autre lui ressemble. Nous serions alors dans une autre configuration, celle de l'illusion de sosie. Bref, nous manquons d'éléments pour faire un diagnostic plus précis.

— Comment tout cela peut-il évoluer et existe-t-il des traitements ?

---

22. Incapacité à reconnaître qu'un sujet réfléchi n'est pas un sujet réel situé derrière le miroir.

— En général, on assiste à une alternance de périodes délirantes fécondes et de périodes de rémission. L'évolution se fait rarement vers une démence ou une schizophrénie. Les neuroleptiques et divers types de thérapies peuvent être indiqués selon les tableaux cliniques et avec des résultats incertains.

— Et bien merci infiniment pour cet exercice de style, Monsieur Delattre. J'allais vous appeler à nouveau « docteur » !

— Ne revenons pas sur le passé… Et faites bon usage de ce que je vous ai dit !

Grangier regagna l'agence instruit mais perplexe. Qu'allait-il bien pouvoir raconter à Sophie de Perricourt ?

— Allô, Madame de Perricourt ? Grangier à l'appareil.

— Monsieur Grangier ! Je ne vous espérais plus !

— L'enquête a été longue et compliquée, mais ça y est, je l'ai bouclée !

— Alors, j'avais raison ? Il me trompe ?

— Je ne donne jamais les résultats de mes investigations par téléphone, inventa Grangier pour se sauver la mise. Pourriez-vous passer à l'agence vers 17 heures ?

— Vous me faites languir ! Mais je ne suis plus à quelques heures près… C'est entendu, à cet après-midi !

Comme Grangier l'avait prévu, Sophie de Perricourt s'effondra en pleurs. S'apitoyait-elle sur la maladie de son époux ou voyait-elle s'envoler ses espoirs d'un divorce tout ficelé ? Grangier n'était pas dupe ! Il savait pertinemment que Sophie avait un amant pour l'avoir suivie un jour jusqu'au golf de Bondues. Et il connaissait l'identité de ce dernier ayant pu voir son nom sur le tableau des green-fees. La consultation du registre du « Clos de Bénédicte » avait achevé de le confondre.

— Je suis désolé, Madame de Perricourt ! se força Grangier. Excusez-moi de sortir de mes prérogatives, mais je crois que votre mari a davantage besoin d'un psychiatre que d'un... avocat ! Sophie ne réagit pas à l'allusion perfide. Que pensez-vous faire ?

— Je ne sais pas, je ne sais plus... Il faut que je réfléchisse, que j'en parle. Tout ceci est tellement inattendu ! Tenez, j'avais préparé votre chèque.

Grangier s'en saisit et lui tendit le dossier et le DVD qu'elle glissa dans son sac en toile à damier chocolat. Elle sortit précipitamment de l'agence encore secouée de hoquets et de reniflements.

— Allô, Arnaud ? Il faut qu'on se voie, c'est urgent !!!

— Sophie ? Mais que se passe-t-il ? Tu as une drôle de voix !

— C'est à propos de Charles... Mais je ne peux pas t'en parler comme ça, au téléphone. Voyons-nous ce soir, il doit sortir.

— Chez toi ? C'est un peu risqué !

— Non, il va à ses « rendez-vous » directement depuis l'usine et ne rentre jamais avant 23 heures. Il faut qu'on parle, ça ne peut pas attendre mercredi. Si tu arrives vers 20 heures, nous aurons deux bonnes heures.

— D'accord chérie, à tout à l'heure !

Arnaud arriva un peu en avance et téléphona à Sophie pour s'assurer que la voie était libre.

Les deux amants s'étreignirent passionnément dès que Sophie eût refermé la porte d'entrée. Elle entraîna Arnaud vers le salon où, tremblante et bredouillante, elle lui résuma la situation.

— Dis-moi que ce n'est pas fichu, chéri !

— Non, mais c'est bien compromis, soupira Arnaud… On peut déjà oublier le divorce pour faute, du moins à ton initiative. Le consentement mutuel, tu l'avais déjà écarté. Il te reste la procédure pour rupture de la vie commune, non pas par une séparation de fait puisque vous vivez sous le même toit, mais tu pourrais introduire une demande fondée sur l'altération grave des facultés mentales de ton mari. Il faudra démontrer qu'elles existent de façon continue depuis au moins six ans. Là, tout dépendra d'un rapport médical établi par trois experts et de la mise ou non sous une mesure de protection juridique, type curatelle ou tutelle. Et il faudra démontrer que les facultés mentales de ton époux sont si gravement altérées qu'aucune communauté de vie ne pourra se reconstituer à l'avenir. Or il semble que la folie de Charles ne l'empêche pas d'avoir une vie sociale et professionnelle adaptée.

Sophie blêmissait et se décomposait au fur et à mesure qu'Arnaud récitait son Code civil. Malgré cela, il poursuivit.

— En tant que demanderesse, tu continueras à être tenue à une obligation de secours, notamment pécuniaire, à l'encontre de Charles. Il faut savoir aussi que le juge peut refuser le divorce lorsqu'il est établi que celui-ci aurait pour le défendeur des conséquences matérielles ou morales d'une exceptionnelle dureté, ou des effets aggravants sur son aliénation mentale. Enfin, le divorce serait prononcé aux torts de la personne qui a pris l'initiative de la procédure, toi en l'occurrence !

— C'est foutu alors, geignit-elle en se blottissant contre lui ! En plus, sa famille, et notamment son frère, ils vont tous se liguer contre moi. On ne lâche pas comme ça des parts de l'usine chez les de Perricourt !

Tout en se lamentant, Sophie caressait le torse de son amant, baignant sa chemise de larmes. Entre chaque phrase, elle baisait ses lèvres, son cou, ses épaules… Arnaud répondait à ses baisers en la tenant par la nuque. Sophie se laissa glisser et entreprit de défaire sa ceinture.

— Que fais-tu ? Tu es folle ! Pas ici !!

Mais elle avait déjà pris son sexe dans la bouche et le suçait avidement. Arnaud se rendit.

— Prends-moi, là, maintenant, j'en ai besoin !

Et sans attendre, elle le chevaucha et s'empala en gémissant sur son membre dressé…

19 h 30. Charles de Perricourt appose une dernière signature et referme son parapheur en soupirant. Une violente migraine le tenaille depuis le milieu de l'après-midi et aucun cachet n'a réussi à le soulager. Son front est moite et il se sent fiévreux. Il saisit le combiné de son bureau et décide, à regret, d'annuler sa réservation dans un wagon-lit de la Gare des Années Folles, près de Lille. Cette ancienne voiture-couchettes des années trente a retrouvé sa fonction passée pour accueillir les voyageurs d'un soir à bord de sept chambres décorées de marqueterie, de bois précieux, de liseuses et de lavabos d'angle. Charles se réjouissait d'y passer un moment en espérant croiser Miss Marple ou Hercule Poirot pour leur exposer ses dernières théories sur le complot cosmologique de la NASA. Ce sera partie remise.

Il rentra donc chez lui avec une seule envie, se coucher au plus tôt. Un véhicule était garé devant son garage. Il n'eut même pas la force de pester tant ses tempes étaient pulsatiles et stationna sa BMW un peu plus loin dans la rue. Il récupéra son sac de voyage dans le coffre et se dirigea vers la maison. Étonné de trouver la porte d'entrée non verrouillée, il s'avança dans le vestibule à pas de loup, posa son sac sur la console, fouilla à l'intérieur jusqu'à trouver le Colt 9 mm qu'il avait acheté en cas de guet-apens américain, et arma le chien. Il se figea en entendant des gémissements rythmés provenant du salon vers lequel il se dirigea prudemment.

Il reconnut d'emblée le dos nu de Sophie et ses longs cheveux blonds ondulant au rythme langoureux de ses hanches. Accroupie sur le bas-ventre d'un homme qu'elle cachait, elle semblait proche de la jouissance. Déjà pétrifié par ce qu'il voyait et entendait, Charles se dit qu'il ne supporterait pas de la voir jouir d'un autre sous ses yeux, qu'il fallait arrêter tout cela et vite. Il tendit le bras en direction du couple et appuya deux fois sur la détente. Sophie s'affaissa sur son amant comme pour une dernière étreinte alors que son dos se marbrait de sang. La tête de l'homme roula de côté et un filet rouge s'échappa de sa bouche…

Hébété, le revolver pendant au bout du bras, Charles s'écroula dans un fauteuil face à la scène. Les yeux hagards, il ne cessait de répéter :

— C'est à cause de la NASA…, c'est à cause de la NASA…

Le lendemain matin, en prenant son service, la femme de ménage le trouva dans ce même état de sidération.

ɤɤ

Après expertises et contre-expertises, il fut établi que le trouble neuropsychique dont souffrait Charles de Perricourt au moment des faits avait aboli son discernement et le contrôle de ses actes. Déclaré pénalement irresponsable, il fut finalement interné d'office dans l'Unité pour Malades Difficiles de Sarreguemines.

Martin Delattre resta radié du Conseil de l'Ordre des Médecins, mais la confirmation publique de son diagnostic le réhabilita à ses propres yeux.

Sam perdit son job au « Désir Hôtel » mais accepta de rentrer comme associé chez « Détect'Yves ».

Yves Grangier fut appelé à la barre. Son témoignage fut considéré comme capital mais il n'échappa pas à un rappel à la Loi et à l'éthique professionnelle. Nonobstant, Camille le trouva craquant face au tribunal et se promit de le lui faire savoir.

La NASA ne porta pas plainte…

INITIALES

Christine Pradeau avait 52 ans, le certificat d'études et un habitus triste. Victor, son mari qu'elle chérissait et qui le lui rendait bien, et de violentes migraines qui la suppliciaient quasi quotidiennement, se partageaient sa vie.

Elle travaillait dans une étude notariale à Bordeaux. Un modeste emploi de secrétariat puisqu'elle était exclusivement chargée des copies simples, authentiques ou exécutoires de minutes d'actes notariés. Chaque semaine elle dupliquait, tripliquait, triait, tamponnait, scellait, agrafait ou trombonait des milliers de feuillets à la lecture fastidieuse et absconse, de la donation entre époux au testament authentique, de l'acte de vente immobilière au bail commercial, de la servitude de passage à la tontine[23]... Sans oublier la tenue du registre des frais de copies et de numérisation.

Ses crises migraineuses avaient débuté au décours d'un accident de voiture relativement banal où elle avait été victime du coup du lapin et avait développé, aux dires de son médecin, un syndrome de stress post-traumatique responsable de ces hémicrânies[24] pulsatiles et émétiques[25] qui l'obligeaient, lors des acmés[26], à se confiner dans l'obscurité et le silence.

Son mari, photographe de son état et plutôt jovial, tenait un petit studio près de la place Paul Doumer. Les développements de pellicules étant devenus rares depuis l'avènement du numérique, son activité principale se résumait aux photos

23. Association collective d'épargne.
24. Céphalée affectant une moitié du crâne.
25. Qui provoquent des vomissements.
26. Phase où la douleur atteint son plus haut degré d'intensité.

d'identité aux nouvelles normes, à la vente d'albums et aux reportages événementiels, essentiellement des mariages.

De leur union étaient nés deux garçons, Valentin et Valéry, pas encore la trentaine, des jumeaux monozygotes[27] qui avaient le physique de leur père et se ressemblaient comme deux gouttes d'eau. Famille et amis aimaient à railler Christine, la soupçonnant facétieusement d'avoir cloné son homme dans des buts inavouables. Des jumeaux… Mais comment imaginer une autre progéniture lorsque père et mère œuvrent tous deux dans la copie, l'une de documents, l'autre de la nature humaine ? Jamais le mot reproduction ne fut plus approprié !

Le couple habitait une modeste échoppe de la banlieue bordelaise, à Talence, et sortait peu. Victor avait construit une mini-serre au fond du jardinet pour que Christine puisse hiverner ses plantes frileuses et y faire semis précoces et boutures. Une autre manière de reproduire pour une copiste ! Lui-même s'était aménagé un potager où pratiquer une culture vivrière destinée à la consommation familiale : il y faisait pousser tomates, aubergines, laitues, haricots verts et quelques plantes aromatiques… Un autre mode de développement pour un photographe !

Valentin et Valéry avaient eu la délicatesse de ne pas épouser de jumelles et c'est à leurs femmes que la plupart des gens les différenciaient. Pour l'instant sans enfants l'un comme l'autre, ils avaient monté ensemble une petite entreprise d'informatique, « Double Clic », dans laquelle employés et clients avaient renoncé à savoir auquel des deux frères ils avaient affaire…

---

27. Vrais jumeaux, issus d'un même œuf.

Le deuxième dimanche de chaque mois, les jumeaux et leurs épouses venaient déjeuner à l'échoppe et, si ces dernières commençaient à se lasser des aubergines du beau-père, c'était pour Christine des moments revigorants.

ꟾ

Dimanche soir 11 novembre 2012. Malgré des températures fraîches et une petite averse matinale, le ciel s'était dégagé en milieu de journée et un agréable soleil avait régné tout l'après-midi, permettant aux hommes de discuter dans le jardin de la réélection difficile de Barack Obama aux États-Unis et des propositions du rapport Gallois pour les PME en France, qui concernaient de près l'activité professionnelle des jumeaux. Tandis qu'à la cuisine, Christine avait révélé à ses belles-filles résignées son secret pour réussir une bonne moussaka, tout en essayant d'enquêter discrètement sur l'arrivée tant espérée d'un bébé dans la famille.

Les enfants étaient partis relativement tard et Christine s'était sentie fatiguée après le dîner. Craignant la survenue d'une aura migraineuse[28], elle s'était allongée sur le canapé où elle s'était rapidement endormie sous les effets hypnotiques de l'Inspecteur Derrick.

Assis en face d'elle dans son fauteuil favori, Victor lisait dans l'Équipe un entrefilet sur les Girondins de Bordeaux qui végétaient dans le ventre mou du championnat, et il pestait contre le manque d'ambition des dirigeants de son club favori. Le sourire lui revint quand il apprit par la radio que les

---

28. Symptômes neurologiques, le plus souvent visuels, survenant avant la migraine.

Bordelais rentraient de leur déplacement à Lorient avec une victoire 4 à 0 dans leur escarcelle.

C'est à cet instant précis que Christine émergea de son sommeil, se redressa et entrouvrit les paupières en s'étirant sous le regard attendri de Victor. Brutalement, son corps se raidit et ses yeux s'écarquillèrent de surprise et de peur. Elle poussa un cri qui glaça Victor.

— Mais qui êtes-vous ? Que faites-vous là ? Où est Victor, où est mon mari ???

— Mais enfin chérie, qu'est-ce qui te prend s'écria presque Victor, éberlué ? Je suis là ! Tu as dû faire un mauvais rêve, ajouta-t-il en se levant !

— Ne bougez pas ! Que me voulez-vous, qu'avez-vous fait de mon mari ?

— Christine ! Arrête de me vouvoyer, c'est ridicule !! Tu ne me reconnais pas ?

— Oh, c'est sûr, vous lui ressemblez beaucoup, mais je sais bien que vous n'êtes pas Victor ! Vous êtes un sosie, un mystificateur !

Disant cela, elle bondit sur lui pour écarter le col de sa chemise puis recula aussi vite, épouvantée.

— Le même grain de beauté ! Vous avez pensé à tout, hein ? Vous l'avez assassiné pour prendre sa place, c'est ça ? Nous ne sommes pas riches, partez immédiatement !!!

— Si c'est une blague, tu arrêtes tout de suite parce que ce n'est pas drôle ! Tu as fumé ou quoi ?

— Arrêtez de faire comme si je m'étais rendue compte de rien ! Je vais appeler les flics, ils vont vous embarquer. Empreintes génétiques et tout le toutim, avec eux vous allez vite avouer ce que vous complotez !

— C'est pas les flics qu'il faut appeler mais une ambulance, et pas pour moi, pour toi ! Écoute, Christine, je ne sais plus quoi faire, ni quoi dire, ni quoi penser. Mais je crois que tu as besoin d'aide…

— C'est ça votre plan, me faire passer pour folle et me faire interner, hein c'est ça ??

— Mais enfin, pose-moi des questions sur nous, sur nos enfants, la cicatrice de Valéry, mon dessert préféré, nos dernières vacances, je ne sais pas moi !!

— Vous avez bien appris votre leçon mais on ne me la fait pas à moi !

— Chérie, qu'est-ce qui t'arrive ? Qu'est-ce qui nous arrive ? Je vais appeler le docteur, ça va aller…

En prononçant ces mots censés l'apaiser, Victor se rapprocha de sa femme et tenta de la prendre dans ses bras. Elle se dégagea vivement et se précipita à la cuisine pour s'emparer d'un couteau. Il réussit à la désarmer sans lui faire violence, mais elle lui échappa et courut s'enfermer dans la salle de bains. Il l'entendit hurler, sangloter et rire tour à tour de façon démoniaque.

Désemparé autant que désespéré, il composa le 15.

Christine Pradeau n'opposa pas de résistance lorsque le médecin du Samu proposa de l'emmener au **S**ervice d'**É**valuation de **C**rise et d'**O**rientation **P**sychiatrique[29] du Centre Hospitalier Charles-Perrens afin qu'un spécialiste apprécie la situation et propose la solution la plus adaptée. Elle ne reconnaissait pas pour autant avoir besoin de soins et sa conviction délirante d'être victime d'un complot s'étendant en

29. SECOP.

réseau s'en trouvait au contraire renforcée. Mais elle n'était pas femme à s'opposer violemment à une cohorte de blouses blanches, et elle était épuisée.

L'interne de garde qui la reçut, avec Victor puis seule, conclut à la nécessité d'une observation de 24 heures qui se prolongerait vraisemblablement par une hospitalisation dans le service de soins correspondant à son secteur d'habitation. Malgré sa fatigue, Christine ne se priva pas de lui exprimer le fond de sa pensée, à savoir qu'il n'était qu'un double venu prendre la place du véritable psychiatre de garde. Pour l'heure, une chambre lui fut attribuée et Victor fut invité à revenir le lendemain. Il tenta de lui prendre la main pour lui dire au revoir mais elle la retira aussitôt.

Christine n'apprécia pas que son sac soit fouillé et qu'on en retire tout objet pouvant représenter un danger, de même qu'on lui confisqua ses chaussures, ses collants, sa ceinture et tous ses bijoux. Elle se dit qu'elle était entourée d'imposteurs et qu'il lui faudrait rester vigilante. En conséquence de quoi elle refusa le traitement proposé pour la nuit. Les infirmières refermèrent la porte à clé derrière elles et Christine se sentit observée par l'œilleton pendant quelques secondes. La chambre était capitonnée, les meubles scellés au sol, la fenêtre sécurisée. Du couloir adjacent jusqu'au fond du parc la nuit se faisait l'écho de la folie des hommes.

— Ils m'ont capturée, prise au piège… Mais je n'ai pas dit mon dernier mot !

Elle voulut enfiler la chemise de nuit laissée sur le lit par les infirmières et poussa un cri en voyant ses initiales imprimées au revers du col. ChP… Christine Pradeau ! Elle était donc attendue ! Son internement avait été programmé à l'avance ! Mais que lui voulaient donc tous ces clones et pourquoi Victor l'avait-il abandonnée ? Où était-il, qu'avaient-ils fait de lui ?

Elle défit nerveusement le lit et retrouva son monogramme sur les draps et sur la taie d'oreiller. Alerté par son agitation, un infirmier l'observa par le judas avant de déverrouiller la porte.

— Calmez-vous Madame Pradeau, que se passe-t-il ?

— Regardez, mes initiales, elles sont partout !! Je la tiens ma preuve ! Je veux voir un avocat, le directeur, la…

— Allons, allons, Madame Pradeau, ne vous emballez pas, coupa l'infirmier. Vous faites fausse route, il y a une explication logique à tout cela. Tout le linge de l'hôpital est marqué ChP comme **C**entre **H**ospitalier **P**sychiatrique ! De nos jours, on dit plus pudiquement **S**pécialisé et donc CHS, mais c'est pareil. Et puis les hasards et les coïncidences de la vie ont fait que cet hôpital, s'étant appelé successivement **Ch**âteau-**P**icon puis **Ch**arles-**P**errens, a toujours gardé le même sigle, voilà tout ! Comme ça, les directeurs successifs ont pu conserver leur argenterie gravée et leur linge brodé osa-t-il plaisanter. Allons, il faut dormir maintenant, vous avez besoin de repos.

Décidément, tout était bien ficelé ! Ils avaient réponse à tout. Fallait-il qu'elle soit un personnage important pour organiser un complot de cette ampleur ! Un sosie de mari, de faux médecins, des répliques d'infirmiers… Dans quel but avoir mobilisé cette armée de ménechmes[30] ?

Malgré sa volonté de veiller pour assurer sa sécurité dans cet environnement hostile, exténuée, Christine sombra dans un sommeil agité…

30. Personnes entre lesquelles existe une grande ressemblance.

Le lendemain, Victor put avoir des nouvelles succinctes par téléphone mais ne fut pas autorisé à venir voir sa femme. Elle devait en effet être examinée par le psychiatre de secteur, passer des examens complémentaires et être transférée au pavillon Régis. On lui fixa donc un rendez-vous pour le surlendemain en lui demandant de faire établir un certificat d'hospitalisation par son médecin traitant et de rédiger lui-même une demande de soins pour son épouse. L'adhésion de cette dernière était en effet tellement aléatoire qu'il était préférable de passer en **S**oins **P**sychiatriques à la **D**emande d'un **T**iers.

Le mercredi après-midi, le Docteur Jean-Philippe Carrière reçut donc Victor qui s'était fait accompagner par ses fils.

— Je vous en prie, asseyez-vous et veuillez m'excuser pour ce petit délai mis à vous recevoir, mais je souhaitais avoir auparavant quelques résultats de bilans afin de pouvoir vous dire des choses plus précises sur ce dont souffre votre épouse. Et votre mère, ajouta-t-il en se tournant vers les jumeaux. Vous avez pu avoir des nouvelles par téléphone en attendant ?

— Que des banalités du quotidien ! Ce qu'elle a mangé, comment elle dort... Elle refuse de nous parler, nous traite de sosies... Bref, nous sommes très inquiets de cette folie soudaine et il nous tardait de vous voir.

— Je comprends et je vais essayer de vous expliquer les choses simplement, sans les banaliser car je ne vous cache pas que c'est assez sérieux. Madame Pradeau souffre du syndrome de Capgras, encore appelé délire d'illusion des sosies.

Victor et les jumeaux se raidirent sur leurs chaises. Le docteur Carrière poursuivit :

— Ce syndrome, assez rare et atteignant plus souvent les femmes, consiste en la conviction délirante qu'une ou plusieurs personnes ont été remplacées par des sosies. Cette « sosification » concerne essentiellement les proches du patient, avec lesquels un lien affectif existe, mais peut diffuser à toutes les personnes rencontrées. Le sosie, par définition copie conforme de l'original, en diffère cependant sur le plan psychologique et s'inscrit en négatif de l'être cher : c'est un imposteur malveillant et persécuteur. D'où le risque de réactions agressives de défense.

— C'est bien ce que j'ai vécu, en effet ! Mais comment cela peut-il s'expliquer ?

— Il semble que chez ces sujets il n'y ait plus de communication au niveau cérébral entre le centre de reconnaissance des visages et celui qui gère les émotions. Le malade reconnaît donc les visages familiers mais ne ressent pas les sentiments qui devraient les accompagner. Le cerveau est incapable d'accéder à l'information affective associée à la reconnaissance des traits d'un proche. Le lien entre perception et émotion est atteint et, pour résoudre ce conflit physiologique et rationaliser cette contradiction, il invente des sosies.

— Mais qu'est-ce donc qui provoque ces dysfonctionnements ?

— Il peut y avoir plusieurs causes possibles. Dans le cas de votre femme, les antécédents, la clinique et les explorations complémentaires réalisées à ce jour nous permettent d'éliminer une schizophrénie, un délire chronique ou une démence. De même, nous ne sommes pas en présence d'une tumeur, d'un accident vasculaire cérébral, d'une épilepsie, d'une intoxication ou de troubles métaboliques…

— Plutôt que de nous faire la liste de ce qu'elle n'a pas, dites-nous donc ce qu'elle a !

— Eh bien, il nous reste ce fond anxio-dépressif et ce terrain migraineux post-traumatique qu'il nous faudra traiter. Tout en sachant que 3 fois sur 4 il n'y a pas de pathologie associée au syndrome de Capgras. Ensuite, la prescription d'un traitement neuroleptique aura pour objectif d'éteindre la conviction délirante, d'atténuer l'angoisse et l'agressivité.

— Peut-on la voir, docteur ?

— Je suis désolé, mais pour l'instant elle refuse. Il vous faudra être patient et attendre que le traitement émousse son délire et qu'elle commence à le critiquer. Pour l'instant, elle doit rester hospitalisée et je vous remercie d'avoir porté les documents nécessaires à la poursuite de soins qu'elle conteste encore.

— Vous savez, docteur, on a l'impression de vivre un cauchemar, d'assister à une mauvaise pièce !

— Vous ne pourriez pas mieux dire, on dirait un cas d'école ! Les jumeaux, les sosies... Connaissez-vous l'*Amphitryon* de Plaute ? Cette pièce met en scène une rencontre avec un être identique à soi, deux personnages semblables, prétendant tous deux à la même identité. En résumé, Amphitryon, accompagné de son esclave Sosie, est parti faire la guerre, délaissant son épouse Alcmène. Jupiter, amoureux de cette dernière, se métamorphose en Amphitryon et abuse d'elle avec la complicité de son fils Mercure, transformé en Sosie. Au retour de la guerre, les deux Amphitryons s'accusent réciproquement d'adultère. Je vous passe les détails, mais à la fin, Alcmène accouche de jumeaux : Hercule fils de Jupiter et Iphiclès, fils d'Amphitryon !

— Troublant en effet ! Mais nous, ce qui nous arrive, ce n'est pas de la mythologie ! Nous ne sommes pas des dieux, pas même des demi-dieux, et nous souffrons...

Victor, Valentin et Valéry quittèrent l'hôpital abattus. L'idée que Christine puisse penser qu'ils lui voulaient du mal leur était insupportable. D'accord, c'était un délire mais le mot de « conviction » délirante signifiait bien qu'elle en était persuadée, et c'était dur à vivre.

Ils n'attendirent pas un mois pour se retrouver à l'échoppe. Dès le dimanche suivant, ils déjeunèrent ensemble et ce sont les belles-filles qui se mirent aux fourneaux. Pour la première fois depuis longtemps, il n'y eut pas d'aubergines au menu…

Plusieurs jours passèrent, interminables… Victor avait enregistré le numéro de l'hôpital dans son répertoire. Le portable allumé en permanence, il attendait un message l'invitant à venir rendre visite à une Christine sur la voie de la guérison. À une femme qui conviendrait être la sienne et qui le reconnaîtrait comme étant son mari. Qui ne reculerait pas lorsqu'il avancerait vers elle, qui lui prendrait la main, se blottirait contre lui et l'embrasserait en l'appelant par son prénom. Il avait fermé son studio photo pour se consacrer à cette attente mais se demandait s'il avait bien fait, car il tournait en rond, fumait comme un enragé et se rongeait les sangs. Le travail l'aurait, sinon distrait, du moins occupé. Alors qu'à l'échoppe, tout lui rappelait cette horrible scène du 11 novembre…

Pour la énième fois, il se rendit au potager pour récolter les haricots verts avant les premières gelées, isoler les potirons de l'humidité, protéger les salades tardives d'un tunnel maraîcher, butter le pied des artichauts, composter, semer de la luzerne… Et à la serre pour arracher les mauvaises herbes, nettoyer les vitrages pour assurer aux plantes un maximum de lumière, renouveler l'air confiné, vérifier les joints… Il en revint essoufflé et moite, assailli par une lassitude et une anxiété inhabituelles. Sentant son pouls s'emballer, pris de nausées et d'étourdissements, il réussit à atteindre le canapé où il s'écroula, terrassé par une douleur qui broyait sa poitrine et irradiait jusque dans son cou, sa mâchoire et son bras gauche.

Valentin et Valéry prenaient des nouvelles de leur père conjointement, tous les soirs avant de quitter leur entreprise. Ce soir-là, leur père ne décrocha pas et ils lui laissèrent un message, pensant qu'il s'était couché tôt. Ils le trouvaient fatigué et vieilli depuis l'irruption de la psychose maternelle dans la dynamique familiale. Rien d'étonnant à ce qu'il veuille récupérer un peu. L'annonce inattendue des grossesses de ses deux belles-filles pouvait bien attendre demain.

Victor ne les ayant pas rappelés le lendemain midi et ne répondant toujours pas à leurs appels, les jumeaux décidèrent de passer à l'échoppe entre midi et deux. Les volets étaient ouverts mais leur père ne réagissait pas à leurs coups de sonnette. Possédant un double de la clé, ils pénétrèrent dans la maison, minés par l'inquiétude.

Ils le trouvèrent recroquevillé sur le canapé, le visage vultueux, la bouche entrouverte et les yeux exorbités. Valentin eut du mal à retirer son portable de sa main froide et crispée. Ayant une confiance limitée en sa mémoire, Victor n'avait pas codé son téléphone et Valentin put écouter les messages que lui et son frère avaient laissés. C'est en le reposant sur la table basse que la sonnerie retentit soudain et les fit sursauter. Les initiales CHP s'affichèrent sur l'écran. Valentin décrocha :

— Allô, Monsieur Pradeau ?

— Oui, répondit-il machinalement.

— Ici le docteur Carrière. J'ai une excellente nouvelle pour vous ! Votre épouse va beaucoup mieux et souhaite ardemment vous voir, vous et vos enfants. Elle vous identifie maintenant parfaitement sur les albums photos que vous nous aviez confiés. J'imagine votre soulagement et votre joie ! Monsieur Pradeau ? Vous êtes là ? Allô ? Allô ?…

Manu

L'infirmière positionna le brancard contre la table d'opération et, du sabot, enclencha le freinage centralisé. Elle changea le flacon de perfusion de potence, retira le drap et demanda au patient de se glisser précautionneusement sur la table. Malgré la prémédication, Manuel réussit à effectuer la translation latérale demandée et se retrouva sous le scialytique[31], en décubitus dorsal[32], son crâne partiellement rasé reposant sur une têtière. Alors qu'on le mettait sous monitoring[33], la climatisation du bloc le fit frissonner. À moins que ce ne soit l'appréhension ! Ça n'était pas une opération banale qui l'attendait. Il savait déjà qu'après l'induction de l'anesthésie, on modifierait sa posture afin de lui poser un drain lombaire mais aussi afin d'obtenir la meilleure stabilité hémodynamique, une ventilation efficace, un confort optimal en évitant compressions, étirements ou stase veineuse et de fournir au neurochirurgien une approche adéquate de la zone cible du cerveau. Ce dernier l'avait prévenu : l'intervention durerait au moins six heures !

Manuel souffrait depuis l'enfance de crises épileptiques généralisées atoniques se caractérisant par une perte momentanée du tonus postural, sans perte de conscience, à l'origine d'affaissements soudains, des drop-attacks[34] au cours desquelles il se blessait souvent et qui l'obligeaient à porter un casque de protection. Ces derniers mois avaient été consacrés

31. Dispositif d'éclairage intense, sans ombre portée, utilisé dans les salles d'opération.

32. Allongé sur le dos.

33. Appareillages permettant de surveiller les constantes physio-pathologiques d'un patient

34. Chutes brutales sans perte de connaissance.

à des explorations préopératoires contraignantes : examens cliniques et biologiques réguliers, électroencéphalogramme avec vidéo synchronisée, IRM cérébrale, tomographies, évaluation psychiatrique et neuropsychologique destinée à étudier le fonctionnement intellectuel, le langage, la mémoire, l'attention, les fonctions exécutives et les compétences socio-émotionnelles... à la suite desquelles les médecins l'avaient déclaré admissible à la chirurgie. De son côté, Manuel avait longtemps réfléchi, discuté, pris des avis, s'était documenté et avait finalement arrêté sa décision. Puisque ses crises d'épilepsie étaient réfractaires à tous les traitements médicamenteux anti-convulsivants, bien qu'administrés aux doses appropriées pendant une durée suffisamment longue, puisqu'elles l'avaient conduit à sérieusement s'amocher lors de chutes brutales, ses jambes se dérobant sous lui de manière inattendue où qu'il se trouve, et puisque la chirurgie avançait un taux d'amélioration prévisible de plus de 70 %, alors, malgré les risques inhérents à une intervention aussi délicate, Manuel signa des deux mains le formulaire de consentement éclairé et l'autorisation d'opérer.

La zone épileptogène n'ayant pu être localisée de façon précise, il s'agissait de procéder à la résection[35] du corps calleux, commissure faite de faisceaux de fibres nerveuses interconnectant les deux hémisphères cérébraux et assurant entre eux le transfert et la coordination d'informations. L'ablation de cette lame de substance blanche reliant cerveaux droit et gauche aurait pour but d'arrêter la propagation et la synchronisation de l'activité épileptique d'un hémisphère cérébral à l'autre et ainsi, de réduire la fréquence et la gravité des crises, voire de les faire disparaître.

---

35. Ablation chirurgicale d'une partie d'un organe.

Derrière son masque chirurgical, l'anesthésiste demanda à Manuel de décliner ses nom, prénom et date de naissance. Bien que vaseux, ce dernier s'exécuta machinalement. Il n'y avait pas d'erreur sur la personne. C'était bien lui dont il allait falloir ouvrir le crâne. Le praticien lui appliqua alors un masque sur le visage et Manuel sombra.

La callosotomie[36] pouvait commencer. La prochaine fois qu'il se regardera dans un miroir, Manuel sera devenu un patient « split-brain ». Une personne ayant deux hémisphères indépendants est-elle dotée de deux esprits, de deux consciences ? Deux cerveaux valent mieux qu'un, dit-on. Mais avoir deux cerveaux dans un même crâne est sans doute à l'origine d'étranges ressentis et de douloureux dilemmes…

Manuel reprit peu à peu conscience dans la salle de réveil quelques heures après que le chirurgien eût refermé son crâne et suturé son cuir chevelu qui était à présent comme engourdi. Il se sentait fatigué, migraineux et nauséeux. Rien que de très normal le rassura l'infirmière à qui il avait mimé son mal-être. Manuel voulut lui répondre mais ne réussit pas à articuler le moindre mot et replongea dans sa torpeur.

Après avoir été maintenu deux jours en soins intensifs, il regagna avec plaisir sa chambre du service de neurochirurgie. Très vite, une armée de professionnels (neuropsychologue, neuropsychiatre, physio et ergothérapeute, psychomotricien, orthophoniste…) se relayèrent à son chevet, le syndrome de dysconnexion calleuse nécessitant des bilans de compétence

36. Ou split-brain : résection (ablation chirurgicale) du corps calleux.

réguliers, la surveillance de l'apparition possible de faiblesses ou de déficits, notamment au niveau des coordinations, de la survenue d'un état anxio-dépressif, l'apprentissage éventuel d'exercices compensatoires…

Manuel avait été informé des conséquences liées à l'exérèse[37] de son corps calleux et s'y était préparé autant que faire se peut. Elles furent confirmées par les tests que le neurologue lui fit passer quelques jours plus tard.

— Veuillez détourner le regard vers la droite s'il vous plaît. Je vais placer un objet dans votre main gauche et vous allez me dire de quoi il s'agit.

— Je ne sais pas vous dire le nom mais je sais à quoi ça sert ! Et Manuel fit mine d'ouvrir une porte.

— Bien ! Maintenant, regardez vers la gauche et je place le même objet dans votre main droite.

— C'est un trousseau de clés !

— Exact ! Il s'agit de l'anomie tactile gauche[38] dont je vous avais parlé. Les signaux perceptifs, que nous appelons somesthésiques[39], issus de votre main gauche parviennent à votre hémisphère droit qui identifie l'objet. Mais l'absence de corps calleux empêche la transmission de cette information aux aires du langage de votre hémisphère gauche. Vous ne pouvez donc pas dénommer l'objet que pourtant vous avez reconnu. À l'inverse, la verbalisation devient possible si vous tenez l'objet dans votre main droite puisque les influx sont transmis de manière croisée à l'hémisphère gauche où siègent les aires langagières.

37. Ablation.

38. Incapacité de dénommer des objets explorés tactilement avec la main gauche.

39. Somesthésie : sensibilité du corps (pression, chaleur, douleur…).

— Alors, dans l'obscurité, il suffira que je passe l'objet dans ma main droite pour reconnaître qu'il s'agit d'un trousseau ! Ou que je le secoue pour faire tinter les clés !

— Vous avez tout compris ! Vous allez spontanément mettre en place des stratégies pour pallier à vos déficits. Et l'expérience que nous venons de faire sur le plan tactile se vérifierait si, par exemple, je présentais un objet devant votre hémichamp visuel gauche ou si je vous chuchotais un mot à l'oreille gauche. Par contre, au niveau de l'odorat, vous ne pourriez nommer une odeur proposée à votre narine, la droite cette fois, puisque les voies olfactives, elles, ne sont pas croisées.

— Vous m'aviez expliqué tout cela avant de m'opérer docteur, mais je voulais avant tout vous faire part de l'impression d'étrangeté que je ressens et qui m'angoisse terriblement. Comme si j'étais divisé, que deux volontés s'affrontaient en moi et que je n'étais plus maître d'une partie de mon corps. J'en veux pour preuve cette main gauche – il ne disait plus « ma » main gauche – qui contrarie ce que fait la droite ou bien prends des initiatives étranges, voire dangereuses. En tout cas une main rebelle dont j'ai en grande partie perdu le contrôle.

— Nous appelons cela l'apraxie diagonistique[40]. Désolé pour ce mauvais jeu de mots, mais c'est un conflit « inter-manuel » qui survient parfois en phase aiguë post-opératoire et peut se récupérer en quelques mois. On assiste à des comportements opposés des deux mains, difficiles à maîtriser et de nature à inquiéter le patient et son entourage, j'en conviens. C'est encore une fois l'hémisphère gauche qui vient contrarier ce que commande le droit. Certains sujets vont jusqu'à nier que

40. Trouble du geste consistant en des comportements opposés des deux mains.

cette main leur appartient, d'où l'appellation de syndrome de la main étrangère.

— Ce n'est pas mon cas, docteur. Je sais pertinemment que cette main est mienne, mais elle ne m'obéit plus, elle est devenue autonome, elle a sa vie ! C'est difficile à expliquer, elle est à la fois moi et non-moi… D'ailleurs je lui ai donné un nom : je l'appelle Manu ! L'autre jour, j'ai voulu allumer une cigarette dans la cour de l'hôpital. À peine ai-je eu le temps de saisir mon briquet de ma main droite que Manu arrachait la cigarette de mes lèvres pour la jeter au loin ! Même scénario à la deuxième tentative. J'ai dû renoncer car on commençait à me regarder bizarrement ! Une autre fois, j'ai voulu bouquiner, mais à chaque fois que je tournais une page avec ma main droite, Manu tentait brutalement de refermer le livre.

— Là, c'est le syndrome de la main capricieuse ou anarchique. La main gauche échappe à la volonté du sujet et adopte des comportements contraires – et contrariants ! – à ceux de la droite, parfois aberrants, possiblement agressifs, en tout cas incoercibles.

— Je n'osais pas vous le dire, mais hier soir, Manu m'a giflé à trois reprises !

— Certains patients arrivent à neutraliser cette main capricieuse par des conduites d'auto-restriction, soit en s'aidant de leur main dominante ou bien préviennent-ils ses actes incontrôlés en la laissant en permanence dans leur poche, voire en la ligotant la nuit. On parle aussi de syndrome du Docteur Folamour en référence à ce film dans lequel Peter Sellers a le plus grand mal à réprimer le salut nazi.

— En positivant les choses, peut-être que Manu va m'aider à arrêter de fumer !

— Votre humour est de bon augure pour votre guérison. Le point positif est que vous n'avez pas refait de crise atonique depuis l'opération. Quant aux effets indésirables que nous venons d'évoquer, on peut espérer qu'ils s'estompent dans les mois qui viennent. Pour l'instant, vous restez sous surveillance dans le service. Bon courage!

Les deux hommes se quittèrent en marquant un petit temps d'hésitation avant de se serrer la main…

ꟸ

Manuel estimait être chanceux de bénéficier, sans avoir eu à le demander, d'une chambre particulière. Il n'était pas sauvage mais c'était quand même plus intime, notamment pour les soins infirmiers, plus confidentiel pour les entretiens avec les professionnels de santé, plus confortable pour recevoir parents et amis, moins contraignant pour regarder le programme télé que l'on souhaite ou éteindre la lumière au moment choisi et passer une nuit potable sans bruitages malséants! Et puis il n'avait pas envie de se donner en spectacle avec cette main imprévisible…

Ce soir-là, le dîner fut servi à 18 h 30, comme d'habitude. C'est déjà un peu tôt pour avoir faim, mais l'indigence des menus hospitaliers a tôt fait de vous couper toute ébauche d'appétit. Un lieu de soins, plus que tout autre, devrait comprendre que manger doit rester un plaisir propice à la restauration, c'est le cas de le dire, du moral de personnes fragilisées et partant, aider à leur guérison.

Manu se montra particulièrement désagréable et agressive pendant le repas, ne cessant de remettre dans le plat ce que Manuel se servait dans son assiette, lui arrachant sa serviette, jetant ses tartines de pain à travers la chambre. Manuel eut le plus grand mal à la maîtriser en essayant de la bloquer sous sa cuisse et en s'alimentant de sa seule main droite.

Après ce laborieux dîner, Manuel s'installa dans le fauteuil pour regarder les jeux télévisés, puis les informations. Il dut placer la télécommande hors de portée car Manu changeait de chaîne sans cesse. De même, ses parents durent s'y prendre à plusieurs reprises pour avoir des nouvelles par téléphone, Manu prenant un malin plaisir à couper la communication au moindre moment d'inattention. Elle sembla se calmer dès le début du film. TF1 rediffusait *La Nuit du chasseur*, coïncidence troublante de la programmation ! On aurait dit que Manu buvait les paroles de Robert Mitchum exposant ses mains tatouées, HATE[41] sur la gauche et LOVE sur la droite, rappelant que c'est avec sa main gauche que Caïn a tué son frère et mimant une lutte – fratricide ? — entre ses propres mains, censée symboliser le combat entre le bien et le mal au cœur de l'humanité.

L'infirmière de nuit passa voir si Manuel allait bien et s'il n'avait besoin de rien. Comme Manu semblait apaisée, il déclina l'offre et se replongea dans le film. Dès le générique de fin, Manu se manifesta à nouveau en déboutonnant la chemise de Manuel sans que ce dernier ne l'y invite.

— D'accord Manu, j'ai compris ! On va se coucher.

Épuisé par la lutte que lui avait imposée Manu, les muscles endoloris par les efforts consentis à contenir cette main à la force inouïe, Manuel s'endormit rapidement tandis que Manu triturait le drap…

Vers minuit — peut-être excédée par les ronflements sonores de Manuel ? — Manu remonta le long du drap et le saisit violemment à la gorge. Réveillé en sursaut, Manuel ne put émettre qu'un borborygme vite étouffé par la force

41. Haine.

de la strangulation. Son corps se raidit, sa main droite essaya de desserrer l'étreinte mais les longs doigts de Manu étaient profondément imprimés dans le cou de sa victime. Mais quelle victime en fait, sinon elle-même ? Manuel, appréciant mal la situation au début, avait essayé d'agripper la tête de son agresseur. La douleur qu'il infligea à sa cicatrice le ramena vite à la réalité : sa propre main gauche essayait de le tuer ! La stupeur s'ajouta à la terreur et il essaya de se redresser pour atteindre la sonnette. Mais Manu le maintenait plaqué contre le matelas d'une « main de fer » !

La compression des veines jugulaires provoqua un œdème cérébral et une cyanose de la face et de la langue. Celle des artères carotides, privant le(s) cerveau(x) d'oxygène, plongea Manuel dans des troubles de la conscience de plus en plus profonds. Sa langue, repoussée par la pression de l'étranglement, vint obstruer le carrefour des voies aériennes et digestives provoquant une asphyxie. Les yeux exorbités, suffocant, Manuel eut encore quelques soubresauts puis s'affaissa, terrassé.

Presque concomitamment, Manu lâcha sa proie…

Le lendemain matin, en pénétrant dans la chambre, l'aide-soignante poussa un cri strident et lâcha le plateau du petit-déjeuner avant de courir jusqu'à l'infirmerie donner l'alerte. Il était trop tard depuis longtemps. Manuel était décédé, victime de complications post-opératoires aussi rares qu'insolites.

Le médecin légiste confirma la mort par asphyxie. Le cou meurtri – c'est le mot ! – du patient, les traces d'ongles en forme de demi-lunes, la cyanose, les taches d'hémorragie pétéchiale[42] au niveau des yeux et des paupières par rupture de capillaires sur-pressurisés, les lésions laryngées, la congestion des viscères étaient des signes déjà parlants. La preuve irréfutable de la strangulation fut apportée par la fracture de l'os hyoïde, au-dessus du larynx. C'est le seul cas où la rupture de celui-ci peut intervenir.

A priori, la strangulation suicidaire à la main est impossible car la syncope provoquée par la compression entraînerait inéluctablement un relâchement de la prise manuelle. Par contre, dans ce cas bien particulier, il fut impossible de trancher : crime ou suicide ?

42. Pétéchies : petites tâches cutanées, de couleur rouge violacé, dues à l'infiltration de sang sous la peau.

ABSURDERIES & COCASSITÉS

10 histoires (très) courtes

SALUT L'ARTISTE

Monsieur Loyal réclama l'attention de toute l'assistance : le numéro qui allait suivre était le clou du spectacle et attirait tous les soirs une foule curieuse et friande de sensations. Mais il nécessitait de la part du dompteur une maîtrise et une concentration totales.

Comme chaque soir à la même heure, après un dernier roulement de tambour, le silence se fit sous l'immense chapiteau. Ce fut à peine si l'on ressentit une légère tension lorsque le dompteur introduisit sa tête dans la gueule largement ouverte de son plus vieux lion. Un tonnerre d'applaudissements ponctua la fin de la représentation lorsque le fauve eut prestement refermé ses crocs sur la nuque de son partenaire. Le corps décapité de l'artiste vacilla et parvint à saluer la foule à deux reprises avant de s'écrouler dans la sciure.

Tandis que le corps de l'homme, traîné par deux chevaux dans un panache de poussière, prenait la direction des cages où l'attendaient de féroces appétits, le lion regagna majestueusement sa loge sous les vivats.

Alors que les derniers spectateurs, visiblement satisfaits de leur soirée, quittaient les gradins, le régisseur raccrocha machinalement la vieille pancarte au guichet d'entrée du cirque : « On embauche dompteur, même débutant »…

LE BOUTON ROUGE

Après avoir réglé les derniers détails de sa succession avec son notaire, le vieil homme quitta l'étude et pénétra dans l'ascenseur de l'immense tour. Il était seul et dut se résoudre à trouver le bouton du rez-de-chaussée par ses propres moyens. Sa presbytie avancée et des tremblements incontrôlables auraient pourtant nécessité une aide. Mais personne ! Le bouton rouge lui parut le bon.

L'ascenseur s'ébranla et se mit à descendre lentement, comme prévu. Mais alors qu'il aurait dû atteindre le niveau désiré depuis longtemps, l'appareil ne s'arrêta pas. Pire, il descendit de plus en plus vite. À tel point que le vieillard, pris d'un étourdissement, fut obligé de s'allonger sur le plancher. Sans doute était-ce une hallucination, mais il lui semblait que plus la machine accélérait sa chute, plus les parois latérales se rapprochaient de lui et plus le plafond descendait vers son visage. Tout mouvement cessa lorsque chaque pan de la cabine se fut rapproché de son corps au point de l'effleurer.

C'est alors même qu'il réalisait qu'il était prisonnier d'un parallélépipède à ses dimensions exactes qu'il perçut un bruit étrange en marteler les parois. Comme si quelqu'un, de l'extérieur, avait jeté une pelletée de terre sur sa nouvelle demeure…

SCOOP

Il exultait : les médias s'étaient montrés intéressés par son projet et, comme promis, avaient investi la place malgré le froid. Ce serait son soir à lui. Lui, l'inconnu, le petit, le moins que rien. Lui, licencié par son employeur, poursuivi par les créanciers, bafoué par sa femme, méprisé par ses enfants, ignoré par ses voisins. Dans un instant, son nom et son visage seraient à la une de tous les écrans. Et demain de tous les journaux. Quelle revanche!

Il avait tout prévu et se sentait envahi d'une plénitude qu'il ne connaissait pas. Ce bonheur serait éphémère, il le savait. Mais ça ne faisait rien. Ce soir, pour la première fois depuis longtemps on le regarderait, on parlerait de lui, on s'intéresserait à sa personne. Il se sentirait à nouveau exister. Le jeu en valait la chandelle. S'il avait raté sa vie, il ne manquerait pas sa mort. En direct!

À l'heure prévue, il s'assit en tailleur à même le sol et, consciencieusement, s'aspergea d'essence. Absorbé par son cérémonial, il craqua une allumette sans entendre le réalisateur hurler depuis le car de régie: « Coupez! Flash spécial! » La Principauté de Monaco venait de se doter d'un héritier!

Les journalistes s'éparpillèrent et la foule quitta précipitamment les lieux pour aller aux nouvelles. Dans le brasier, l'homme se consumait. Personne ne l'entendit pleurer...

DIALOGUE SANS ISSUE

L'architecte déplia le plan et l'étala sur sa table à dessin.

— Comme vous pouvez le voir, la porte d'entrée se situe ici et...

— Je vous arrête tout de suite, s'exclama le maître d'ouvrage! Je ne vois pas la porte de sortie!

— Pardon? Ah, c'est de l'humour! J'ai cru un instant que...

— Je ne plaisante pas ! Où prévoyez-vous la porte de sortie ?

— Mais voyons, fit l'architecte interloqué, c'est la même porte pour entrer et sortir, bien sûr !

— Vous rigolez ? On ne peut pas sortir de chez soi en empruntant la porte d'entrée, c'est ridicule ! Et si je veux chasser un importun de ma maison ? Il va me rétorquer à juste titre qu'il n'y a pas de porte de sortie et s'incruster. C'est très ennuyeux !

— Il va falloir une maison plus grande alors, si vous ne trouvez pas le moyen de faire sortir tous ceux que vous laissez entrer !

— Épargnez-moi vos sorties ironiques, je vous prie ! N'avez-vous pas remarqué que les théâtres ont une « entrée des artistes » mais qu'on ne voit jamais sortir les acteurs ? Eh bien, figurez-vous qu'ils sont obligés pour cela d'emprunter des portes dérobées. Et moi, Monsieur, je n'ai pas l'intention de voler des portes ! Ni même d'en emprunter !

— D'accord, fit l'architecte en mettant à l'œuvre un effort démesuré de maîtrise. Pour sortir de cette impasse, nous n'avons qu'à baptiser cette porte un « accès ». Qui permettra d'accéder à l'intérieur de votre demeure en entrant et d'accéder à la rue en sortant.

— Soit ! C'est un compromis acceptable. Poursuivez !

— Une fois franchi le seuil, à gauche de la porte d'entrée, donc à droite de la porte de sortie, sans vouloir vous offenser, vous avez l'escalier qui monte à l'étage.

— Mais où est donc celui qui descend de l'étage ?

— …

UN MÉTIER LOUCHE

— Bonjour Monsieur l'opticien !

— Bonjour Monsieur le client ! Je peux vous aider ?

— C'est un peu particulier... Enfin, voilà... Comme vous pouvez le constater, je suis affligé d'un « strabisme convergent avec diplopie » qui est apparu brutalement et me dessert terriblement dans l'exercice de ma profession.

— Je vois, en effet ! Vous avez consulté un ophtalmo, un orthoptiste ?

— Oui, mais je n'ai pas le temps de commencer le traitement prescrit ici car je dois retourner dans mon pays dans les prochains jours.

— Que puis-je pour vous alors ?

— Je vous ai amené mon instrument de travail. Vous allez comprendre...

— Une boule de cristal ! ?

— Oui, je suis médium, voyant extralucide.

— Ah, je vois... La diplopie, et le don de double vue qui va avec, bien sûr !

— N'insultez pas ma famille et mes ancêtres, Monsieur ! Ce don est transmis de génération en génération et nous sommes marabouts de père en fils !

— Je suis désolé, je n'ai pas pu résister. Mais je ne voulais pas vous outrager ! Et pourquoi donc m'avez-vous amené cette sphère magique ?

— Je me disais que vous pourriez demander à votre laboratoire de surfaçage d'appliquer à ma boule une correction prismatique qui compenserait la déviation strabique.

— C'est bien vu ! Mais je ne sais pas s'ils sauraient faire cela. J'avoue que c'est la première fois que je suis confronté à une telle requête. Je vais leur poser la question et, le cas échéant, solliciter un devis. Mais il faudrait que vous me laissiez votre… accessoire.

— Parfait ! Comme je vous l'ai dit, je rentre au pays bientôt. Pourrez-vous me le réexpédier ?

— Sans problème ! C'est en Europe ?

— Non, je suis Ivoirien…

ജ്ര

RAILLERIE

— Bonjour Monsieur le préposé à la délivrance des billets de train !

— Bonjour Monsieur le passager potentiel ! Que puis-je pour vous ?

— Je voudrais un billet Bordeaux – Strasbourg direct. J'ai bien dit direct !

— Direct ? Ah, mais ça va pas être possible !

— Pas possible ? Et pourquoi donc ?

— Figurez-vous qu'on a déniché une colonie de pipistrelles pygmées sous la marquise de la gare de Périgueux. Une espèce protégée qu'on ne peut pas déranger en pleine période de reproduction. La gare est neutralisée. Pour un certain temps…

— Ah bon, c'est ennuyeux ça ! Que proposez-vous alors ?

— Soit vous prenez un taxi à la gare de Libourne et vous rejoignez la gare de Brive-la-Gaillarde pour contourner Périgueux. Soit vous prenez un Bordeaux – Rennes puis un Rennes – Strasbourg.

— C'est pas très pratique dites donc !

— Attendez, j'ai pas fini ! Dans le premier cas, faudra descendre à Tulle et rallier Moulins par vos propres moyens.

— Et pourquoi cette fois ?

— Y a des scarabées pique-prunes qui traversent les voies du côté de Clermont-Ferrand. Protégés eux aussi ! La SNCF étudie la faisabilité d'un écoduc. Après, faudra faire des appels d'offres, un plan de financement, faire agréer les travaux par la commission ad hoc, etc… Y en a pour un bon moment ! Et encore, à condition que les écolos ou le WWF nous tombent pas dessus !

— Admettons. Et une fois à Moulins ?

— Y aura juste un petit souci entre Besançon et Belfort à cause des tritons de Blasius…

— Mais y en a marre de vos bestioles !!! Je ne vais pas mettre huit jours pour atteindre ma destination quand même !

— Monsieur ne soutient pas la protection des espèces menacées de disparition ? C'est pas joli-joli, dites-moi !

— Et si je passe par Rennes, alors ?

— Là vous êtes tranquille jusqu'à Bruxelles ! C'est entre Luxembourg et Strasbourg que ça risque coincer…

— Une grenouille à présent ?

— Non, l'arabette faux chou !

— Après la faune, la flore ! C'est complet ! Il va être long et me revenir cher ce voyage !!

— Vous pouvez essayer l'avion, mais avec les vols de grues cendrées, c'est pas gagné… Enfin, c'est vous qui voyez !

— Bon, alors donnez-moi un billet pour…

— Là, je vous coupe tout de suite ! Ça va pas être possible…

— Quoi encore ??? Vous ne m'avez même pas laissé finir !!!

— Il est 14 heures…

— Oui, et alors ?

— Décidément, vous n'écoutez pas les infos ! Aujourd'hui, à partir de 14 heures, y a grève illimitée !!! Bonjour chez vous…

PATIENT

— Allôôôô !!! Les Urg…, les Urgences ? Ve-venez viiite, j'ai très maaal dans la poi… la poitrine !

— Bonjour et bienvenue aux Urgences ! Pour accéder aux informations sur le service et sur l'éditeur, appuyez sur la touche étoile. Sinon, merci de patienter…

— Quoooiii ???

— Bonjour ! Nous vous informons qu'après le bip sonore, le service vous sera facturé six centimes la minute, plus le prix de l'appel. Plus d'informations sur notre site. La prochaine fois, appuyez sur dièse pour ne pas écouter ce message… Bip !

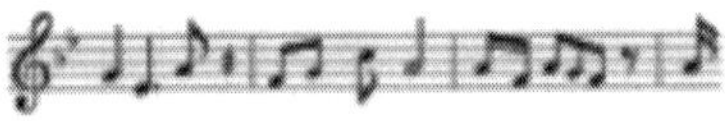

— Au secooouuurs !!!

— Vous avez demandé les Urgences, ne quittez pas ! Une opératrice va vous répondre. Votre délai d'attente est estimé à vingt-trois minutes. Merci de votre compréhension !

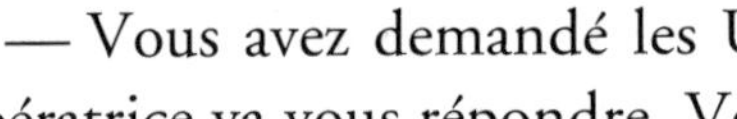

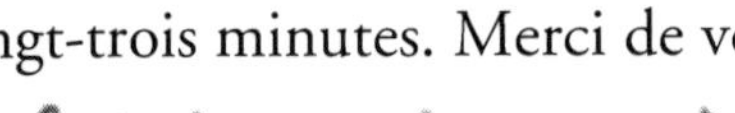

— Arghhh…

— Merci d'avoir patienté ! Si vous appelez pour une fracture tapez 1, pour une dépression tapez 2, pour une blessure par arme blanche tapez 3, par arme à feu tapez 4, pour un infarctus tapez 5, pour un ongle cassé…

— 5 !!! Sigh…

— Si vous êtes encore vivant tapez 1…

— **BOOOUUUMMM !!!**

DOCTE HEURE

— Bonjour Monsieur ! Comment allez-vous ?

— Bonjour Docteur ! Eh bien cela dépend…

— Cela dépend ?

— Oui, la réponse sera très différente selon qu'il s'agit d'une question de courtoisie machinale ou bien d'une interrogation véritablement clinique !

— J'en déduis que ça ne va pas bien fort ! De quoi souffrez-vous ?

— Cela fait plusieurs jours que j'ai très mal au ventre.

— Non !

— Comment ça, non ?

— Vous ne pouvez pas avoir mal au ventre pour la bonne et simple raison que le ventre n'existe pas ! Ce n'est pas un organe. Vous m'auriez dit que vous aviez mal à l'estomac, au colon, à l'appendice… là d'accord ! Mais pas au ventre.

— Peut-être mais toujours est-il que j'ai mal et que ça ne passe pas ! Par contre, je n'ai pas de température.

— Vous voulez sans doute dire que vous n'avez pas de fièvre. Ne pas avoir de température serait inquiétant ! Comment cela a-t-il commencé ?

— C'est arrivé juste après que je me sois fait un tour de reins et…

— Ah non, ne recommencez pas ! Vos reins sont montés sur pivots ou quoi ? Vous seriez une curiosité anatomique mondiale cher Monsieur !

— N'empêche que la douleur était si forte que j'avais le cœur au bord des lèvres. J'étais tellement inquiet que je me suis mis la rate au court-bouillon !

— Ah mais ça suffit maintenant !! Vous le faites exprès ou quoi ? Vous allez finir par me mettre les nerfs en pelote ! Encore un peu et je vais vous avoir dans le nez, pour causer comme vous !

— Notez que malgré la souffrance je n'ai pas perdu l'appétit. J'ai en permanence l'estomac dans les talons…

— C'est sans doute pour cela que vous n'entendez rien à ce que je vous dis. Ventre affamé n'a point d'oreilles, hein ! Alors nous allons aborder le problème de front. Voici une ordonnance qui devrait vous soulager, au moins de 23 euros ! C'est le pied, non ?

— Non !

— Comment ça, non ?

— Vous ne croyez pas que je vais vous payer pour avoir soigné des organes qui, selon vous, n'existent pas ! Faudrait pas prendre les vessies pour des lanternes ! Escroc ! Imposteur !! Charlatan !!!…

SUR LA PLAGE, ABANDONNÉE…

L'estivante, s'adressant au surveillant de baignade :

— Au secours, venez vite, mon mari est en train de se noyer au large !!!

— J'ai vu…

— Quoi ?? Pourquoi vous n'y allez pas alors ? Dépêchez-vous bon sang !!

— Non !

— Pardon ? Vous refusez d'intervenir ? Et pourquoi donc ?

— Je sors de table.

— Et alors ? Vous vous fichez de moi ou quoi ?

— Ma grand-mère disait toujours qu'il fallait attendre trois heures après le repas, pour que la digestion se fasse. Sinon, on risque l'hydrocution ! Elle ne vous le disait pas la vôtre ?

— Mais vous êtes malade !!! C'est de la non-assistance à personne en danger ! Allez secourir mon mari tout de suite !!

— Vous voulez qu'il y ait deux victimes au lieu d'une, c'est ça ? Merci bien !!

— Et vos collègues, où sont-ils ?

— Partis déjeuner…

— Non mais je cauchemarde ! Oh mon Dieu, mais qui va sauver mon mari ?

— S'il arrive à regagner le rivage, là je pourrai m'occuper de lui. Mais il n'a pas l'air de faire beaucoup d'efforts ! Il se la coule douce…

— Épargnez-moi votre humour macabre et déplacé s'il vous plaît !!

— Il sombre, c'est clair ! Si vous aviez tenu à lui, on n'en serait pas là.

— Mais qu'est-ce que vous racontez ? Je tiens à lui très fort !

— Ben alors, si vous êtes attachée à votre mari, qu'est-ce que vous attendez pour le tirer jusqu'au bord ?

— …

CAF FOUILLIS

— Bonjour Madame la guichetière de la CAF !

— Bonjour Madame l'allocataire ! Vous avez rendez-vous ?

— Non, justement je viens en prendre un.

— Vous n'avez pas vu le panneau à l'entrée ? Nous ne recevons que sur rendez-vous.

— C'est bien pour ça que je viens en fixer un avec vous !

— Mais je ne peux pas vous recevoir puisque vous n'avez pas rendez-vous…

— Vous voulez dire qu'il faut avoir pris rendez-vous pour prendre rendez-vous ?

— Exactement ! Maintenant, veuillez libérer la file d'attente s'il vous plaît. Rendez-vous compte que des gens attendent qui ont rendez-vous, eux !

— Je ne bougerai pas d'ici ! Où voulez-vous que je me rende puisque je n'ai pas de rendez-vous ?

— Mais rendez-vous chez vous, ou là où vous voulez, je ne sais pas moi !!

— Ah bon, vous venez à domicile ? Parfait ! Quel jour et à quelle heure alors ?

— Non, je n'ai pas dit ça ! Il faut se rendre à l'évidence, vous n'avez pas compris !

— Mais où se trouve cette Allée Vidence, que je m'y rende ? C'est loin d'ici ?

— … Bon d'accord, je me rends, vous avez gagné ! Je vais vous le donner ce rendez-vous…

— Ah, tout de même ! Qu'est-ce qu'on peut perdre comme temps dans l'Administration !!

ENTRETIENS
ET
MIENS

3 échanges à tâtons rompus

Merci à Louise
et à Yohann DEVILLERS

À cet instant précis où je me lance dans l'écriture, je n'ai pas la moindre inspiration. Hormis l'expiration de mon éloquence, aucun souffle créateur ne m'anime. Certes je respire, mais sans en avoir l'air. Ma veine artistique, désespérément phlébitique, est sans doute à l'origine de cette embolie pulmonaire qui m'assèche.

J'ignore tout de ce qui va suivre, du fond comme de la forme. Roman, essai, journal intime, confession impudique... ? Peut-être tous les genres, à la fois ou tour à tour. Qu'importe dans le fond si, au bout du compte, l'exercice doit nous remettre en forme, toi lecteur par le plaisir de parcourir ces lignes, moi auteur par le soin de les tracer.

Car l'écriture est soin. Tous ceux qui s'y sont risqué reconnaissent qu'elle prodigue un bien-être apaisant à défaut d'être salvateur. L'ayant moi-même expérimenté, et si l'on veut bien me concéder quelque talent, je serais honoré d'appartenir à cette cohorte de malades chroniques que l'on nomme « écrivains » et je te propose, lecteur, de m'accompagner dans ces quelques pages de bientraitance réciproque.

Ce seront finalement des entretiens. Que rêver de mieux ? M'entretenant, je me conserve en bon état. T'entretenant, je subviens à tes besoins ! C'est du gagnant-gagnant comme l'on dit de nos jours.

Il s'agit maintenant de se livrer[43], et donc sans doute de se délivrer. À ses risques et périls ! Ce n'est pas pour rien que je disais « tous ceux qui s'y sont risqué » tout à l'heure, car exposer

43. Du latin *liberare.*

c'est aussi s'exposer… L'écriture est soin, l'écriture est risque et, à ce titre, l'écriture peut être péril. Fascinant paradoxe !

Voici donc des dialogues où en cherchant l'autre on se trouve soi-même. Une partie de pala où nos pensées, loin de se heurter à un mur, se renvoient la balle. Où nous sommes alternativement le fronton de l'autre.

La quête prudente d'une vérité.

Des échanges à tâtons rompus…

LOUISE
ou la plongée dans l'abîme

— Je ne comprends pas pourquoi je ressens ce décalage avec les gens qui m'entourent. Je ne me sens pourtant pas plus intelligente que les autres ! Je commence sérieusement à me poser des questions et à me demander si je n'ai pas tout simplement un pet au casque. Si je ne nage pas en plein délire dans ma façon d'interpréter les choses. Et si tel est le cas, j'aurais préféré ne jamais voir le jour ! À l'heure où je vous parle, ce n'est que pour les autres que je reste en vie…

— Tu vaux la peine de le rester pour toi, crois-moi Louise !

— Merci, c'est gentil ! Mais je souffre en permanence, docteur. En tout cas bien plus que la moyenne, et c'est récurrent. C'est ça ma vie. On peut donc facilement comprendre que je n'en retire aucun bénéfice.

— Les bénéfices viendront quand tu auras fait le travail d'introspection qui s'impose.

— Excusez-moi, je vais encore pleurer. Je pleure pour un rien, je ne peux pas m'en empêcher…

— Surtout, ne te retiens pas ! Pourquoi y aurait-il une honte à pleurer alors qu'il n'y en a pas à rire ? Des sentiments qu'on serait autorisés à extérioriser et d'autres qu'il faudrait garder au plus profond de soi ? À l'extérieur, tes larmes ne feront que glisser le long de tes joues pour venir mouiller ton chemisier. À l'intérieur, elles ravineraient ton estomac. Tu conviendras qu'il est plus facile de sécher un chemisier que de traiter un ulcère !

— Oui, c'est sûr ! En plus, je tombe toujours sur des gens qui enfoncent le clou !

— Ce sont ceux qui enfoncent les clous qui sont marteaux !

Louise sourit avant de poursuivre.

— Alors si je suis normale, pourquoi est-ce que je souffre ainsi ? Pourquoi est-ce que je regrette d'être née dans ce monde que j'ai du mal à supporter et qui me coûte tant d'efforts pour l'apprivoiser ? J'aurais tellement aimé être moins sensible. C'est une plaie, je vous assure.

— Mais c'est un don du ciel lorsqu'on sait la canaliser, cette sensibilité. Qui n'a rien à voir avec la sensiblerie outrée ou affectée de certaines « précieuses ridicules » ! C'est un peu comme un cheval sauvage. Il faut que tu la dresses, que tu en tiennes fermement les rênes, que tu la diriges là où tu te sentiras en sécurité. Que tu ne la laisses pas s'emballer et te désarçonner. Que tu la brides dans ta vie quotidienne pour l'éperonner et la laisser galoper dans des situations que tu auras choisies, des activités artistiques par exemple dans lesquelles ta créativité pourra s'exprimer sans freins.

— Des ruades j'en ai pris, vous savez ! Quand je suis en surcharge émotionnelle, il m'arrive même de tomber dans les pommes. Un véritable court-circuit ! Je n'arrive plus à réfléchir ni à intégrer quoi que ce soit. Une simple déception et c'est la dépression qui me guette. Et puis le manque d'affection, la solitude… Remarquez, la solitude c'est la certitude d'échapper à la déception.

— C'est aussi l'assurance d'échapper au bonheur toujours possible d'un échange, d'une rencontre, d'un partage…

— Je m'attache trop vite aux gens qui m'intéressent. Je suis difficile, alors ils ne sont pas nombreux. Et ce n'est jamais avec la même intensité qu'ils s'attachent à moi. On m'a dit un jour que j'avais un cœur en or. C'est difficile à porter. Je n'ai qu'une parole et je tiens à n'en avoir qu'une seule. C'est dans mes valeurs et je me sens parfois bien seule dans ce délire moral. Les choses seraient tellement plus simples si les gens n'avaient qu'une seule parole !

— Le monde est hélas cruel, Louise. Il faut se blinder pour s'en protéger, se construire des défenses, une carapace.

— J'y travaille, mais c'est pour moi digne des plus hauts sommets !

— La ténacité fait gravir des montagnes. Et il n'y a pas de tire-fesses là ! C'est à la force des jarrets.

— Je vais prendre un hélico !

— Ça, c'est de la triche ! Tu seras d'autant plus fière d'arriver au sommet que tu l'auras grimpé à pied.

— Tout est bon à prendre pour arriver au résultat ! Mais vous avez raison, on apprend moins et la paresse me perdra. J'ai une fâcheuse tendance à la procrastination, à différer ce que je pourrais faire sur le moment.

— La procrastination est une excuse non recevable. Le vrai procrastineur remettra toujours à plus tard son envie de procrastiner. Finalement, il agira !

— J'ai déjà la motivation. Il ne reste plus qu'à trouver le bon chemin, c'est le plus compliqué.

— Si tu es motivée, c'est le principal. Tu as le carburant…

Quelques semaines plus tard…

— L'achat de l'appartement n'a pas pu se faire et je vis désormais chez mes parents. Je vais tout faire pour y rester le moins longtemps possible. Je discute beaucoup avec un couple d'amis de la famille mais qui ne voient plus beaucoup mes parents. J'ai ainsi appris pas mal de choses qui transforment mes doutes en certitudes. Ce n'est pas moi le problème dans cette famille et ça ne l'a jamais été ! J'ai des parents pas très intelligents, qui critiquent tout, se plaignent en permanence pour pas grand-chose, sont négatifs et ont passé trente ans à me culpabiliser. Aucune attention à mon égard, jamais d'encouragement, nul soutien moral. Tout ce qui posait problème était de ma faute et j'ai dû grandir et me construire avec une vision plutôt noire et faussée du monde et de moi-même. Je comprends maintenant mes difficultés à entrer en relation, ce manque de confiance et cette mésestime qui m'ont fait aimer des hommes qui ne me respectaient pas.

— Je suis ravi que tu aies avancé dans la compréhension de ce qui a fait problème pour toi, Louise. Tu sais, beaucoup d'enfants ont été orientés vers cet établissement que tu as fréquenté, non pas parce qu'ils étaient « malades » mais parce qu'ils risquaient le devenir. Pour leur permettre de se construire à l'abri d'un entourage familial qui, pour telle ou telle raison, les empêchait de le faire de façon harmonieuse. Un jour, un enfant m'a dit que s'il était là, c'est parce qu'il n'y avait pas d'internat pour les parents… Il avait vu juste !

— Excellent ! Savez-vous qu'en société, ma mère ne parle que de mon frère, jamais de moi ? Qu'elle m'oblige à faire le ménage et le repassage du linge de toute la famille alors qu'on a une femme de ménage. Qu'elle note sur un carnet ce que je lui coûte mais qu'elle ne le fait pas pour mon frère. Et je ne vous parle pas du martinet! Mais ce n'est rien à côté des blessures psychologiques qui vous laissent à vif. Et c'est moi qu'ils ont envoyée voir des psys! Pour les dénigrer ensuite en plus... Et me voilà, à trente ans, sans véritable toit et sans argent, obligée de demander l'aumône à ceux qui vous ont rendue comme ça... Je rage d'avoir perdu autant de temps! J'aurais dû, comme cette copine, partir en foyer. Elle n'a pu construire une vie stable qu'en partant de chez elle.

— La fuite est parfois salutaire... Mais il est désolant de devoir fuir le cocon familial, par définition protecteur. Enfin, normalement!

— J'ai 300 € et ce couple d'amis prêts à m'héberger si la situation devenait insupportable. En confirmant ce que je vis, ils me redonnent espoir. Je me sens moins seule et je n'ai même plus peur qu'on me vire de la maison. Parce que ce jour-là, mes parents auront fini de me voir et je me sentirai enfin libre! Et puis j'ai trouvé ce que j'allais faire: une formation de soudeur car je suis sûre de trouver du travail en sortant. Moi qui suis précise et perfectionniste, ça me convient bien. Et une fois la formation en poche, je veux faire plongeur-soudeur sur une plateforme off shore. J'aime beaucoup plonger, sous l'eau je serai tranquille et ça gagne super bien! En plus, dans ce taf, ils demandent une intelligence spatiale et c'est ce que j'ai, en mode très bien développé. Je suis contente parce que, maintenant, j'ai un objectif. Et si j'y arrive, je serai financièrement indépendante...

— Moi qui te conseillais de te faire une carapace protectrice, avec un scaphandre tu seras blindée! Et puis, prendre le large, tu en as vraiment besoin. Il ne manquerait plus que tu partes outre-mère... En tout cas, tu choisis là un beau métier: souder c'est réparer, c'est réunir, c'est recoller les morceaux... Des verbes qui doivent te parler ! Et si comme tu le dis ça paie bien, ça te permettra de joindre les deux bouts !!

— Lol ! L'avenir ne sera pas facile mais je vais tâcher d'être forte, de vivre pour moi désormais. Tout en embrassant le monde d'un œil nouveau. On va se battre pour ! Ah mince, j'ai encore dit « on » alors que je devrais dire « je »…

YOHANN
et l'effet vinyle

— La plupart des enfants que nous accueillons en Institution portent en eux ce que, dans ma caisse à outils d'éducateur spécialisé, j'appelle « l'effet vinyle ». Nous avons tous l'image du disque vinyle rayé tournant sur la platine et dont la tête de lecture saute dans un éternel soubresaut sur le sillon endommagé. Sans une intervention extérieure, la platine répétera un son dissonant à l'infini. Remise en amont sur le disque, la tête de lecture finira inéluctablement par se heurter de nouveau au même obstacle. Cette image m'est venue à force de voir Théo entraîné dans un chaos émotionnel, barrant la voie de manière quasi étanche aux stimuli extérieurs, chaque fois que son insécurité interne lui devient insupportable. Il répète alors les mêmes tressaillements émotionnels qu'à l'accoutumée : colère, repli, mutisme, fugue…, autant de réponses pour ne pas être anéanti. Et le travail institutionnel doit veiller, jour après jour, à ce que le disque de la vie de Théo joue sa musique, la moins discordante possible.

— Merci Yohann pour cette invitation à Théo-riser, à croiser nos regards, non pas forcément pour qu'ils se rejoignent, mais pour qu'ils s'enrichissent mutuellement.

Certes, nous n'avons pas la même caisse à outils, sans qu'il y ait de prévalence de l'une sur l'autre, mais elles se complètent, avec d'autres, afin d'appréhender l'enfant dans sa globalité et, sinon le réparer, du moins le consolider. Théo ou l'effet vinyle, voilà un analogisme qui coule de source puisque les vieux vinyles de mon adolescence étaient de source… analogique! Par opposition au signal numérique pour lequel c'est la loi du tout ou rien (il est lisible ou pas), le signal analogique peut se dégrader. C'est le cas lorsque le disque est comme l'on dit rayé, que son sillon présente une anomalie sur laquelle bute la tête de lecture, diamant ou saphir.

— Théo semble coincé dans ce mouvement qui l'enferme, l'isole et qu'il répète plusieurs fois par jour. Sa souffrance est réelle, palpable, tangible. J'ai le sentiment qu'elle le brûle de l'intérieur, le ronge et l'épuise. La contenir, la canaliser, la mettre en mots lui est impossible. Elle a pris une telle place dans son espace psychique qu'il ne peut se rendre disponible pour les apprentissages ni même les plaisirs relationnels. Notre travail quotidien est de l'aider à sortir de ce sillon qui fait de tous les jours de son existence une suite d'accrocs, de fuites en avant et de crises en tous genres. Il me semble que nous arrivons tant bien que mal, et pas toujours avec son aide, à dégager la tête de lecture en la repoussant en amont de la rayure, lui accordant un peu de répit avant une nouvelle explosion… Nous renvoyant à des allégories telles que le mythe de Sisyphe ou le tonneau des Danaïdes. Je me demande s'il s'agit toujours de la même rayure ou d'une suite de malfaçons, d'accidents qui ponctuent à jamais l'existence de certains d'entre nous?

— Possiblement les deux! La fabrication d'un disque vinyle nécessite préalablement la gravure (on entendrait presque gravidité) d'une matrice (là on entend clairement utérus) et la polymérisation de monomères… Une malfaçon est toujours possible. Poly-mères, ne voilà-t-il pas un raccourci qui nous mène de la mère réelle à la mère fantasmée ?

— Et pour ce qui est des accidents ?

— Le disque a, comme tout un chacun, deux faces, chacune parcourue par un sillon en spirale microscopique (d'où le nom de microsillon), dont le début est à l'extérieur et la fin vers le centre du disque. Cette lecture centripète va sans doute nous jouer la partition égocentrée d'un enfant au stade de l'intelligence pré-opératoire selon Piaget. Un enfant qui pourra en théorie se décentrer à partir du moment où il saura se distinguer d'autrui. Or Théo présente une dysharmonie psychotique qui entrave la différenciation entre Soi et non-Soi. Comme l'ont énoncé ses parents l'autre jour pour expliquer son agitation, il a « des problèmes de dents ». C'est la position défensive parentale, un accident de l'amélogénèse, la formation de l'émail dentaire pendant la grossesse qui, au passage, se fait de manière centrifuge ! Mais comme l'ont entendu les soignants, il a « des problèmes dedans ». Comment Théo a-t-il été pensé, attendu, regardé, investi, porté, bercé, nourri ? Comment, avec son problème de dents, a-t-il pu mordre le sein nourricier au stade sadique oral ? La tête (de lecture) de Théo aurait-elle buté sur le sillon mammaire – ma mère ?...

— Nous sommes bien démunis !

— Réparer un vinyle rayé est quasi impossible. Si la rayure n'est pas trop profonde, le soin consiste à alourdir légèrement la tête pour augmenter la pression sur le disque et à faire tourner doucement ce dernier à l'envers à la main. Ce retour en arrière, à l'origine du trauma, n'est-il pas à la base de tout travail thérapeutique ?

— Et si on mettait la face B ?

— Souvent il s'agit du même morceau orchestré différemment. Avec un peu de chance, elle ne sera pas rayée !

Il faut que la mère soit suffisamment bonne pour que le vrai self puisse s'ébaucher selon Winnicott. Et si la face B de Théo était son faux self? Son sillon, d'une normalité trompeuse, contiendrait en puissance les éléments propices au développement d'une psychose silencieuse, le comble pour un support audio et le paradoxe pour un garçon qui en permanence envahit l'espace sonore! Mais l'enfant numérique n'est pas encore né et tant mieux! On dit que les pleurages, déformations du son d'origine, rendent le son plus chaud. Mais les chants les plus beaux sont parfois de « purs sanglots » dirait Musset. C'est à cette souffrance, qui n'a rien de romantique, que nos outils doivent s'attacher. Car devant ses cris désespérés, on ne peut pas dire à Théo de changer de disque!

ALAIN
ou la fausse entrevue

— En avril 2016, tu as publié un roman, *La Sténose*, qui raconte le parcours de vie de Baptiste, un enfant dit « surdoué »...

— C'est en fait davantage un essai romancé. Je ne voulais pas pondre un énième ouvrage didactique sur le sujet. Aborder la question de ce que l'on appelle de manière pas très heureuse « précocité intellectuelle » me paraissait devoir être plus vivant à travers l'histoire d'un personnage. Avec le risque d'enfermement que cela comporte : tous les surdoués n'ont pas le destin de Baptiste!

— La première question qui vient à l'esprit est de savoir si cette histoire est autobiographique.

— Effectivement, tous ceux qui l'ont lue me le demandent d'emblée. Quand ils l'osent ! Je leur réponds que chez Baptiste il y a du moi, du moi modifié et du non-moi. Du moi car placer mon personnage dans des cadres connus et des situations vécues facilitait l'écriture, ce qui dénote peut-être un manque cruel d'imagination ! Du moi modifié, dans un sens flatteur ou au contraire dépréciatif, car la banalité est narrativement ennuyeuse et que, pour maintenir l'attention du lecteur, il vaut mieux pimenter quelque peu le récit. Et du non-moi car des pans entiers de la personnalité de Baptiste et de sa vie me sont totalement étrangers. Mais on dit bien qu'écrire une histoire c'est asséner des mensonges qui concourent à l'établissement de la vérité. Alors…

— Mais es-tu au moins surdoué ?

— Je déteste ce terme et la plupart de ceux qui ont été proposés pour dénommer ces sujets. J'ai réussi les tests d'admission à Mensa, donc il faut croire que oui. Mais qu'est-ce que cela mesure ? L'intelligence ? La vivacité de l'esprit ? La culture ? La créativité ?… En fait, cela ne m'intéresse pas beaucoup et je n'ai d'ailleurs jamais eu connaissance de mon score. Je suis beaucoup plus fier de mon brevet de 25 mètres à la brasse qui m'a, soit dit en passant, coûté bien plus d'efforts !

— À propos de don, d'aptitude ou de talent, quel est celui que tu rêverais de posséder ?

— J'avoue que le don d'ubiquité me serait souvent d'une précieuse commodité ! Mais le pouvoir de revenir en arrière dans mon historique, d'effacer un moment dont je serais insatisfait pour le réécrire différemment serait un must. La gomme magique, le tampon de duplication, le correcteur localisé, le remplissage avec le contenu pris en compte, la galerie de filtres, autant d'outils qui me fascinent et qui me feraient volontiers candidater à la greffe cérébrale de Photoshop !!

— Pourquoi avoir postulé à Mensa ?

— Les avatars de la haute intelligence m'ont intéressé lorsque j'ai été amené à accompagner des enfants en souffrance et en échec, malgré (ou à cause de ?) leurs potentialités largement au-dessus de la moyenne, au sein d'une équipe interdisciplinaire dans une institution médicosociale. J'en ai fait le sujet de ma thèse de Médecine puis d'un travail de recherche qui n'a pas véritablement abouti par manque de crédits. Sinon à donner lieu à quelques articles et communications, notamment sur l'inhibition intellectuelle et ce que j'ai appelé « le complexe de l'albatros ». Alors Mensa, forcément, ça m'intéressait et m'intriguait à la fois. Club élitiste, société secrète voire secte ? Ressemblaient-ils aux enfants dont je m'occupais ? Avaient-ils eu des difficultés similaires et si oui, avaient-ils pu les surmonter et comment ? L'idée d'infiltrer cette association pour les espionner de l'intérieur m'excitait. Autant que celle de pénétrer un réseau social où, a contrario des autres, je pouvais espérer un plan tête sans prise de cul ! Et puis il y avait sans doute aussi un aspect « défi personnel ». Je suis joueur…

— Qu'y as-tu trouvé finalement ?

— Des hommes et des femmes de tous âges, de tous milieux et de toutes conditions. Curieux dans toutes les acceptions du terme : assurément intelligents, souvent originaux, parfois étranges, presque toujours sympathiques. Plutôt individualistes ce qui rend paradoxale leur démarche d'adhésion à une association ! Des dîners mensuels à refaire le monde, des conférences pointues, des sorties à thèmes… Je n'ai pas cotisé très longtemps.

— Revenons au livre. Pourquoi tant de mots inconnus du plus grand nombre qui obligent à quitter l'histoire pour en rechercher le sens ?

— Oui, c'est un reproche fréquent. Le pressentant, j'ai placé un glossaire en fin de volume. Je reconnais que des renvois en bas de page auraient rendu la lecture plus fluide. Un avertissement liminaire cite Freud qui disait en substance que faire des concessions sur les mots, c'est finalement céder sur le sens. Je suis un amoureux des mots. Tel un œnophile, j'aime les humer, apprécier la couleur de leur robe, les faire tourner en bouche avant de les recracher. Certains sont si beaux qu'il serait dommage de les perdre à force de ne pas y avoir recours. J'ai voulu les mettre en lumière. Leurs racines me parlent et leurs ramures m'enchantent. Quant aux termes médicaux, ils sont difficilement substituables, sauf à tomber dans la lourdeur et l'approximation. Imagine que j'aie remplacé « mastopexie » par « chirurgie de l'affaissement des seins »! Pour le coup, la vulgarisation aurait frisé la vulgarité…

— N'est-ce pas carrément narcissique de s'auto-interviewer ?

— Je regretterais qu'on le considère ainsi ! En fait, loin de toute intention autolâtre, je voulais simplement m'expliquer sur quelques points qui reviennent régulièrement dans les commentaires qui me sont adressés. N'étant pas assailli par les critiques littéraires et ne me voyant pas publier un communiqué dans la presse, j'ai trouvé cet artifice de mise en scène qui tient davantage du clin d'œil que du subterfuge égocentré.

— N'est-ce pas un peu facile de choisir les thèmes sur lesquels on souhaite être interrogé ?

— Ne crois pas cela. Je suis capable de me poser des questions auxquelles je ne m'attends pas ! Et de sécher sur les réponses…

— Arrêtons-nous donc avant que cela n'advienne. Merci, Alain !

— De rien, Alain…

Ce livre a été imprimé en France par ICN
Zone Industrielle des Saligues
98, rue Louis Rabier – 64300 Orthez
Tél. : 05 59 69 77 80
icn@imprimerie-icn.fr

BVCert. 6374991

ISBN 978-2-36128-372-8
Dépôt légal 3ème trimestre 2017

Éditions libre label
4 rue de la Vieille Tour – 33000 Bordeaux
www.librelabel.fr – contact@librelabel.fr
Tél. : 05 57 78 62 31